Eine Milliarde für Süderlenau

Astrid Wenke

Eine Milliarde für Süderlenau

Roman

Krug & Schadenberg

Für meine liebe Mutter

Der Wille einer einzelnen Frau gegen die rollenden Räder der rasenden Maschinerie – so war das gewesen.

Ich saß mit Silvia am Bahnhofsvorplatz von Süderlenau auf der Terrasse unseres Stammcafés ATEMPAUSE, als es mit einem Mal gewaltig kreischte und quietschte. Aufstöhnend presste ich die Hände auf die Ohren. Lärm ist mir eine Qual.

Der Zug, der mit seiner Vollbremsung die Geräusche verursachte, kam allmählich hinter dem Bahnhofsgebäude zum Stehen. Die runde Schnauze und einige Waggons in Fahrtrichtung lugten dahinter hervor – putzig, als wäre er ein lebendes Wesen, das versuchte, sich zu verstecken und der verdienten Strafe zu entgehen: Es war nicht vorgesehen, dass ein ICE in unserem unbedeutenden Süderlenau hielt.

Ich freute mich an dem Bild des ebenso aufsässigen wie beschämten Fahrzeugs. Auf meinem Milchkaffee lag noch Schaum, und während ich genüsslich löffelte, grinste ich in mich hinein.

»Jemand muss die Notbremse gezogen haben«, schlussfolgerte Silvia, der die Vorstellung eines ICEs mit freiem Willen fremd war. Nicht zum ersten Mal staunte ich, wie anders sich die Welt von ihrer nüchternen Warte her betrachtet darstellte, aber natürlich hatte sie recht. Wie immer.

Am Nebentisch hörte ich Britta reden. Sie hatte diese stählerne Stimme, die ich aus Millionen herausgehört hätte. Britta und ich kannten uns, solange ich denken konnte, auch wenn wir beide taten, als kennten wir uns nicht. Wir hatten uns wie üblich nicht gegrüßt, doch nun horchte ich, was sie zu sagen hatte.

»Wie sie es angekündigt hat. 11.23 Uhr!«

Es war eine abrupte und gnadenlose Konfrontation mit der Uhrzeit. Überhaupt ist Britta eine gnadenlose Person. Ich spürte Mutlosigkeit mein Blut verdicken, als würde jemand Grieß in kochende Milch einrühren: Nur noch zwanzig Minuten, dann ging es zurück in die Mühle.

Silvia hatte mir einmal erklärt, dass die Tretmühlen seit dem sechzehnten, siebzehnten Jahrhundert in Armenhäusern eingesetzt worden waren, um das bürgerliche Leistungsprinzip in der Schicht der Bettler und Landstreicher durchzusetzen. In einem berüchtigten Arbeitshaus in Amsterdam, so Silvia, waren Arbeitsunwillige in einen Raum gesperrt worden, in den ein leichter steter Strom Wasser floss. Wer sich in diesem Raum nicht überwinden konnte, seinen adeligen Lebensstil abzulegen und unermüdlich das Rad zu treten, welches die Pumpe antrieb, ertrank.

Zugegeben, so schlimm stand es nicht um mich und meinen Arbeitsantrieb.

Ich lugte zu Silvia hinüber. Sie lebte noch jenseits der tickenden Uhr, schien Britta nicht gehört zu haben, wohl weil sie wie ein Luchs zum Bahnhof hinüberstarrte. Der ICE fuhr an, jaulte einmal klagend auf, bevor er sich routiniert säuselnd mit großer Geschwindigkeit entfernte. Währenddessen trat eine kleine Frau mit zögerlichen Schritten auf den Platz. Sie zog einen schwarzen Rollkoffer hinter sich her – neben ihr ein Bahnbeamter in Uniform, der in jeder Hand einen Koffer trug.

Mein Herz geriet ins Stolpern, nicht gefährlich, so hatte mir die Ärztin versichert, aber doch unangenehm und angsterregend drängten sich die Extraschläge, Extrasystolen, in seinen Rhythmus: Margot Krause war zurück!

»Dürrenmatt«, stellte Silvia fest, *»Der Besuch der alten*

Dame.« Ich warf einen zweiten Blick hinüber zu dem Pärchen. Er hatte die Koffer abgestellt. Sie stand aufrecht, den Kopf erhoben, den Arm in seinen gehakt.

»Natürlich«, sagte ich, die Hand an mein Herz gepresst, »wie recht du hast.«

Ich war mir sicher, dass Margot die Situation genoss: war ein enormer Auftritt, das Ganze.

Britta erhob sich am Nebentisch.

»Das wird sie Tausende kosten«, bemerkte Wolfgang, der ebenfalls aufstand.

»Sie hat's ja«, bügelte Britta ihn ab. »Ich frage mich allerdings, warum sie sich derart in Szene setzt, statt den Regionalzug zu nehmen, wie sonst. Sie hat etwas vor, dafür garantiere ich.«

Brittas flinke Beine transportierten ihren kompakten Körper zielstrebig über den Platz hinüber zu Margot, die dort stand, gelassen, so schien es, und mit nichts beschäftigt als zu atmen.

Es hat mich immer schon fasziniert, wie Britta sich bewegte – das genaue Gegenteil zu meiner Art, mich durchs Leben treiben zu lassen. Wolfgang folgte ihr wie gewöhnlich, groß, schlank, ruhig. Drüben Händedrücken. Wolfgang nahm die Koffer.

Nun fragte ich mich ebenfalls, was Margot zu uns trieb. Sie hatte sich seit Jahren nicht blicken lassen. So lange ich mich zurückerinnere, ist es so gewesen: Alle Jubeljahre tauchte Margot auf und versetzte die Stadt in helle Aufregung. Grund dafür war ihr Geld. Margot war reich, stinkreich, wie man so sagt. Bei jedem ihrer Besuche ließ sie einen guten Batzen ihres Vermögens in der Stadt, begleitet von genauen Anweisungen, was damit zu tun wäre.

Britta versuchte regelmäßig, das Geld in die von ihr gewünschten Kanäle zu lenken. Sie mochte Margot nicht, verabscheute sie geradezu. Oft genug hatte ich sie mit verächtlich herabgezogenen Mundwinkeln über ›die Alte‹ herziehen hören. Trotzdem hofierte Britta Margot, holte sie wie heute von der Bahn ab, um sie zu Margots Süderlenauer Wohnung chauffieren zu lassen. Silvia zuckte die Achseln, wenn ich mich darüber ereiferte. Das sei eben die Macht des Geldes. Mag sein, aber warum spielte Margot mit? Warum informierte sie von allen Menschen in Süderlenau ausgerechnet Britta über ihre Besuchspläne? Das kratzte an mir. Ich hatte zuweilen richtige Striemen an den Unterarmen. Silvia hatte versucht, mich zu beruhigen: Letzten Endes bliebe Margot unbestechlich; sie investierte ihr Geld, wie sie es für richtig hielte. Das stimmte allerdings. Margot unterstützte vor allem die Kunst und die Musik. Mir kam das entgegen, denn ich bin die Musiklehrerin von Süderlenau.

Die Liebe zur Musik ist wohl der Grund gewesen, weshalb es zwischen Margot und mir immer etwas Besonderes gegeben hat. Die Begegnungen mit Margot gehören zu meinen eindrücklichsten Kindheitserlebnissen. Wann immer sie sich in jenen Jahren in Süderlenau aufgehalten hat, hatte sie meine Schule besucht und mich aus dem Unterricht rufen lassen, um zu erfragen, wie das »musikalisch hochbegabte Kind« sich entwickelte.

»Man könnte meinen, sie fördere die Stadt nur deinetwegen«, meinte der Zahnarzt, der mein Vater war, und fragte mich: »Na, wie wäre das?«

Die Frau, die ich Mutter nannte, schnaubte verärgert und verließ geräuschvoll den Raum. Merkwürdig hatte ich das gefunden und verwirrend.

Auch an jenem Tag, an dem der ICE in Süderlenau hielt, war ich mir gewiss, dass Margot mir in den folgenden Tagen noch einmal und wie zufällig über den Weg laufen würde. Sie würde stehenbleiben und mir Fragen stellen. Sie würde mich ansehen und mir zuhören mit einem Interesse und einer Anteilnahme, die ich sonst nirgends erfuhr.

Ich saß in der Sonne eines warmen Herbsttages neben meiner Freundin Silvia im Café ATEMPAUSE, senkte den Kopf in beide Hände, legte ihn schief und ließ das Glück in meinen Körper. Ich lächelte.

Inzwischen hatte Wolfgang Margots Gepäck im Kofferraum einer Taxe verstaut. Formvollendet öffnete er die Beifahrertür, um die alte Dame einsteigen zu lassen. Dann duckte er sich zu Britta auf die Rückbank. Der Fahrer war derweil auf seinem Sitz kleben geblieben. Jedenfalls hatten wir nichts von ihm zu sehen bekommen. Ich stellte mir vor, wie er nun, während er die Kupplung kommen ließ, mürrisch Mund und Stirn verzog. Der Wagen wendete, fuhr wenig später an uns vorüber, und für einen Moment trafen mich Margots Augen, nachdenklich und interessiert, um mir gleich darauf zu entgleiten; die Taxe brauste weiter, nur noch die Hinterköpfe der Insassen waren zu sehen.

»Dieser Altersunterschied!«

Unter Silvias schriller Stimme zersprang das Bild von Margots ruhigem Blick.

Wenn nur diese Stimme nicht wäre – das hatte ich schon oft gedacht in dem Vierteljahrhundert, das ich mit Silvia befreundet war.

»Das kann auf Dauer nicht gutgehen.«

Dieses Gespräch gehörte zu unserem eingeübten Repertoire, zu dem ich widerwillig und gelangweilt meinen Text lieferte: »Immerhin sind sie seit vierzehn Jahren verheiratet.«

»Trotzdem – er sieht zu gut aus für sie.«

»Solange Britta Firmeneigentümerin ist und das Geschäft gut läuft, wird er bei ihr bleiben.«

Die Worte verließen ohne mein Zutun meinen Mund. Ich fragte mich zum wiederholten Male, was Silvia an der Ehe dieser Leute interessierte.

»Die Firma!« Silvia lachte auf. »Du solltest endlich anfangen, Zeitung zu lesen.«

Irritiert holte ich meine Augen aus der Ferne zurück und stellte auf Silvia scharf, die so unerwartet aus unserem üblichen Gesprächsverlauf ausgebrochen war.

»Novacrem steht vor dem Aus.«

Vergnügt nahm Silvia einen Schluck aus ihrer Tasse. Dann verzog sie den Mund und fügte hinzu: »Das behauptet zumindest Britta. Sie überlegt, das Werksgelände zu verkaufen und die Firma an einen anderen Ort zu verlegen, wo Arbeitskräfte billiger zu haben sind. Allerdings frage ich mich, warum sie öffentlich darüber räsoniert, statt es zu tun.«

»Novacrem verlässt Süderlenau!«

Silvia hörte das Entsetzen in meiner Stimme.

»Dich schockiert das. Das hätte ich mir denken können! Mach dir keine Sorgen, Katharina. Vermutlich handelt es sich um einen der Schachzüge von Britta, mit denen sie die Stadt unter Druck setzt.

Übrigens findet am Samstag eine große Kundgebung statt. ›Novacrem muss bleiben!‹ Die ganze Stadt ist aus dem Häuschen. Du solltest hingehen.«

Missbilligend sah sie mich an.

Silvia litt geradezu verzweifelt an dem Unrecht auf der Erde und an den Grausamkeiten der Menschen. Wenn Silvias Welt ein Puzzle war, so war »Gewalt« das Teilchen, das sich beim besten Willen nirgends einfügen ließ. Sie hatte früh vor der furchtbaren Frage gestanden, ob das Bild einer wahrhaft menschlichen, einer gewaltfreien Gesellschaft, wie sie es sich zum Trost erschaffen hatte, tatsächlich unmenschlich war, da es die Möglichkeiten der Menschen überstieg. Allerorten stellten Verbrechen gegen die Menschlichkeit Silvias Hoffnung in Frage, summierten sich zu der Behauptung, das Gewalttätige, die Verachtung und Erniedrigung von Menschen müsse als Bestandteil des Menschseins angenommen werden.

Um diesen Konflikt zu lösen, das hatte Silvia mir vor langer Zeit anvertraut, hatte sie Geschichte studiert. Irgendwo dort, zwischen den Ruinen untergegangener Städte, unter den Werkzeugen und Waffen aus Bronze und Stein, unter Moorleichen und den Skeletten von Wollnashörnern und Mammuts hoffte sie Klarheit zu finden über Möglichkeiten und Unmöglichkeiten unserer Gattung. Inbegriff des Unmenschlichen war ihr die Fabrik in Süderlenau geworden.

Eben zu der Zeit, als Silvia vierundzwanzigjährig nach Süderlenau kam, um an der hiesigen Gesamtschule ihr Referendariat anzutreten, war Novacrem in die Schlagzeilen geraten. Das Mittel, um das es anno dazumal ging, hieß *Fairytale,* ein Hautaufheller, den Novacrem auf dem afrikanischen Markt vertrieb. In einer massiven Werbekampagne hatte Novacrem die Möglichkeit, zu Wohlstand und Erfolg zu gelangen, mit der Aufhellung der afrikanischen Haut verknüpft und war mit dieser Strategie vor allem in den größeren Städten Afrikas erfolgreich gewesen.

Der Wirkstoff von *Fairytale* war Hydrochinon, das die Bildung von Melanin und damit ebenso das Dunkeln der Haut wie den Schutz vor der UV-Strahlung der Sonne unterdrückte. In der Presse waren bald kritische Berichte erschienen und Fotos veröffentlicht worden: Nach der Anwendung des Mittels waren bei vielen Menschen schwere Hautverbrennungen aufgetreten. Schon nach einem knappen Jahr stellten Statistiken einen Zusammenhang zwischen der Verwendung von *Fairytale* und dem Auftreten von Hautkrebs fest.

»Es war nicht der Arzneimittelskandal an sich, der mich empörte«, sagte Silvia stets an dieser Stelle ihres Vortrags. »Aber sie haben jeden Zusammenhang zwischen den Erkrankungen und ihrem Mittel abgestritten, haben ihre Kampagne fortgeführt, haben weiter verkauft und weiter verdient.«

Ich hatte mich damals mit den Grausamkeiten der Welt noch nicht beschäftigt und sagte nichts weiter als ›Hmh‹.

Silvia war eine Zugezogene. Sie konnte nicht begreifen, was Novacrem für die meisten von uns in Süderlenau bedeutete. Ich liebte diese Fabrik! Wenn es eine Verbindung von Süderlenau in die Welt gab, dann war es Novacrem. Sogar der Bahnhof war nur gebaut worden, weil Novacrem darauf bestanden hatte. Von Süderlenau fuhr die Bahn nach Klaschnitz, von dort zur Landeshauptstadt und von dort ging es weiter in die Welt, nach Hamburg, Köln, München und Berlin.

Vom Balkon der zahnärztlichen Familienwohnung, in der ich aufwuchs, sah ich direkt zur Fabrik hinüber. Gelegentlich stiegen Schwaden von Wasserdampf auf, und zuweilen wehte ein süßer Duft zu mir herüber. Ich war sicher, dass in jenem eckigen Backsteinbau mit dem Flachdach ungewöhnliche, geradezu zauberhafte Dinge vor sich gingen. Es gab kein anderes Flachdach in Süderlenau. Die Fabrik war eine Geheimschachtel. Es lockte mich, sie aufzureißen und ihr Geheimnis zu enthüllen.

Gewaltige Fenster, von geschmiedeten Verstrebungen in eine Vielzahl von Rechtecken zergliedert, verführten zum

Spionieren. Vier dieser Fenster reichten bis nah an den Boden. Darüber durchbrach eine weitere Fensterreihe die rote Hausmauer. Zwischen den inneren und den seitlichen Fenstern des beinahe quadratischen Gebäudes waren lange Backsteine eingefügt worden, die hervortraten und sich als Schmuckband bis zur Oberkante der zweiten Fensterreihe hinaufzogen. Diese Steine nutzte ich als Leiter. Ich weiß noch, wie ich mich festkrallte, den Körper stets dicht an der Mauer. Meine Füße tasteten nach Halt. Ich stemmte mich hoch, bis ich den Stein, an dem ich klammerte, loslassen musste, um nach dem nächsten Vorsprung zu greifen.

Am gefährlichsten war es, wenn ich oben angekommen war. Dann musste ich mich seitlich hinüberlehnen und hielt mich nur noch mit einer Hand an einem herausragenden Ziegel fest. Mein Herz pochte in wilder Erregung. Angst hatte ich nicht, denn in jenen Zeiten war ich unsterblich. Wenn schließlich der Blick durch das Fenster gelang, lag tief unter mir die gewaltige Maschinerie: große eiserne Räder, Stangen und Kolben, lange Transportbänder, die durch die Halle liefen. Dazwischen standen mehrere silbern glänzende riesenhafte Behälter. Mittendrin schoben Menschen Lastkarren über den Betonfußboden der Halle oder hantierten an den Bändern. Wie unbedeutend sie schienen gegenüber der Macht der Gerätschaft!

Die Sahne auf der ganzen Szenerie war die Musik. Das Quieken, Brummen und Summen der Maschinen, ungeordnet, ein wildes Gerede, dann wieder im gemeinsamen Rhythmus, aus dem sich die Stimme mal der einen, mal der anderen Maschine hervorhob.

Natürlich konnte ich das Ganze ebenso gut auf festem Boden stehend durch die unteren Fenster betrachten. Dann hatte ich sogar die Hände frei, um die Spiegelung der Sonne abzuschirmen. Der wahre Genuss blieb jedoch der Blick von oben, in fünf Metern Höhe an der Hauswand hängend, erkauft mit Anstrengung und Gefahr.

Es war eine große Enttäuschung, als ich erfuhr, dass Britta, jenes große Mädchen, das ich auf dem Spielplatz traf und später auf dem Schulhof, die Tochter des Besitzers von Novacrem war. Ich hatte mir nie vorgestellt, dass es eine Tochter des Besitzers geben könnte, aber wenn es sie gab, hätte sie eine Prinzessin sein müssen, zart und im rosa Kleid, umgeben von einem süßlichen Duft.

Britta war nichts davon, sie war grob und gemein und das insbesondere zu mir. Als ich in die Schule kam, sah ich sie gleich in meiner ersten Hofpause an einem Baum lehnen, als hätte sie auf mich gewartet. Ich weiß noch, wie ich sie vorsichtig anlächelte. Sie lächelte nicht zurück, sondern gab mir im Vorbeigehen einen kräftigen Tritt.

Ich erinnere mich heute noch an die Angst, die ich verspürte, sobald ich die Klinke an der Tür zum Schulhof herunterdrückte. Obwohl ich Britta seit jenem ersten Schultag aus dem Weg ging, erwischte sie mich wieder und wieder. Nicht dass sie mir nachstellte, das war ich ihr nicht wert – sie malträtierte mich beiläufig, wenn sich zufällig eine Gelegenheit bot. Einmal zeigte ich meiner Lehrerin die blauen Flecken an meinem Schienbein. Britta bekam reichlich Ärger. Danach hatte sie es bei verächtlichen Blicken belassen.

Silvia und ich konnten unseren Konflikt um Novacrem nicht lösen, das hatten wir nie gekonnt, und es war nun auch wirklich an der Zeit aufzubrechen. Wir atmeten tief – es half ja alles nichts – und standen auf.

Um die Schule noch rechtzeitig vor dem Klingeln zu erreichen, liefen wir im Sturmschritt los.

Ich eilte die Treppe hinauf in den dritten Stock. Die Kinder erwarteten mich fröhlich. Ich musste trotz allem lächeln, als ich ihre gespannten Gesichter sah. Ein kleiner Pulk sammelte sich um mich und drängelte: »Was machen wir heute, Frau Manthey?«

Thema ›Rhythmus‹: In Gedanken noch bei Novacrem ließ ich sie eine lebende Maschine bauen. Ein Kind begann: eine Bewegung und ein Geräusch. Das nächste Kind schloss sich mit einer weiteren Bewegung, einem zweiten Geräusch an. Es gab gemeinsame Rhythmen, allerdings ermutigte ich das Schräge, das dazwischenfuhr und aufrüttelte. Die Kinder mussten aufmerksam bleiben und horchen. Am Ende war es ein recht ordentliches Gekrähe und Geschnauf – und es war schön, denn es hatte Struktur und Sinn.

Der Lärm begann mit dem Pausengong: Geschnatter, Gekicher, Gerenne und Geschrei, Unordnung – Widerwille in meinem Ohr, der die Nerven bis in meinen Kopf hinein zucken ließ. Einige der Kinder schrillten wie Sirenen.

Ich war fehl am Platz, das wurde mir jeden Tag deutlicher. Ich sah mich selbst, wie ich die Ohren mit den Händen abschirmte und mich unter dem Geräuschpegel krümmte.

Auf dem Flur begegnete mir unser Rektor. Ich kannte seinen Vornamen, Burkhardt, doch ich nannte ihn Herrn Marx. Wenn ich an Burkhardt dachte, fielen mir seine leuchtenden Augen ein. Mit diesen Augen stand er auf den Gesamtkonferenzen vor uns, seinem Team, wie er sagte, und ließ uns an seinen Visionen von einer gesunden, anregenden Lernatmosphäre teilhaben. Meine Augen blieben stets matt. Ich hatte genug zu tun mit dem täglichen Überleben.

Silvia behauptete, Burkhardt und ich wären Seelenverwandte. Ich hätte ein ebensolches Leuchten, sobald meine Finger auf Klaviertasten lägen. Burkhardt schien ebenfalls eine Seelenverwandtschaft wahrgenommen zu haben. Mir war das von Anbeginn lästig gewesen, und ich hatte einige Kraft aufgewendet, um deutlich zu machen, dass ich keinen näheren Kontakt wünschte. Nicht einmal das hatte er mir übelgenommen.

»Katharina!«, strahlte er mich an. »Will sagen, Frau Manthey! Unsere Gönnerin, die alte Dame Krause, soll wieder in der Stadt sein. Nun kann es doch noch etwas werden mit dem Musikpavillon.«

Ich nickte höflich und distanziert im Vorübergehen. Nur wenige Meter trennten mich von meinem kleinen Kabuff. Noch einige schnelle Schritte, Tür auf, Tür zu, den Schlüssel umgedreht, aufatmen, Pause und Ruhe. Hierher wagte sich niemand. Die Kolleginnen saßen unten zusammen, wo sie Schulisches und Privates besprachen. Ich war nie dabei und wurde nicht vermisst. Einen Moment rutschte die Erkenntnis dick und schwer durch meine Adern. Ich schloss mich ein und schloss mich aus. Die Gemeinschaft der Menschen fand ohne mich statt. Wie oft ging mir ein Lied durch den Kopf und gab mir Worte für meine Gefühle und Gedanken.

»Wir sind ganz einfach anders als die Andern …«

Es waren die Anfangszeilen des *Lila Liedes*. Die erste deutsche Homosexuellenhymne fügte sich in den Maschinenrhythmus der vergangenen Unterrichtsstunde, und in meinem Kopf formte sich eine Ode an die Arbeit und die Verbindungen unter Menschen.

»Ich hätte Musikerin werden sollen«, nörgelte es in mir, »das wär's gewesen.«

Ich hörte den Zahnarzt spotten, der mein Vater hatte sein

sollen. »Dann willst du Noten essen und im Violinschlüssel wohnen.«

Das hört sich schön an, hatte ich gedacht.

Natürlich war es nicht so gemeint gewesen.

»Du willst wohl deiner Mutter nacheifern, aus allem ausbrechen, aber so was ist schwer, mein Kind!«

Er war verärgert gewesen. Ich hatte verwirrt meine Mutter angestarrt. Sie war doch Zahnärztin wie er! Mutter hatte die Lippen aufeinandergepresst und war meinem Blick ausgewichen. Das war wieder so etwas gewesen, das ich nicht verstanden hatte.

Ich hatte früh die Vermutung gehabt, dass ich nicht wirklich ihr Kind sein konnte, es gab Hinweise, sie verplapperten sich. Aber zugegeben hatten sie es nie. Ich zuckte die Achseln. Jedenfalls war ich dann Musiklehrerin geworden.

Ich bin ein ruhiger, zurückgezogener Mensch, dachte ich in meiner kleinen dunklen Kammer, völlig ungeeignet für diese Arbeit. Ich war schon immer ruhig gewesen, geradezu autistisch, und meine große Leidenschaft, die Musik, hatte die Kinder nie wirklich interessiert. Sie wollten Spaß – die Tiefe der Empfindungen entging ihnen. Was sollte ich auch groß erwarten. Es waren Kinder.

Seufzend ließ ich mich auf dem Klavierhocker zwischen den Trommeln nieder und pellte meine Apfelsine. Mein Blick fiel auf meine Bluse, und ich stellte fest, dass sie schlecht gebügelt war. Missbilligend schüttelte ich den Kopf.

Warum war ich nicht wie die anderen, saß dort bei ihnen und sprach über das Wetter, den Garten, den Haushalt, neue Anschaffungen und die mangelnde Anerkennung des Lehrerberufs?

»Weil ich nicht weiß, was ich mit ihnen reden soll«, murrte ich, »weil ich andere Probleme habe.«

Geldprobleme, Ärger mit dem Partner, Raten für ein Haus, das ich abbezahlte, ein schlechter Friseur – so was kannte ich nicht. Ich hatte nur wenige Probleme. Als ich sie zählte, kam ich auf genau fünf: mein Arbeitsleben, mein Sozialleben, mein Familienleben, mein Liebesleben und dass ich eigentlich gar keine Lust mehr hatte auf mich und mein Leben. Aber ich hing an beidem, und aus diesem Widerspruch ergab sich mein eigentliches Dilemma.

Es klingelte, gerade als sich die Tragik meines Seins wie ein Schlund vor mir auftat.

Ich riss mich zusammen; die Apfelsinenschale legte ich ordentlich in ein Regal. Ich sah in den Spiegel, der zu diesem Zweck an der Innenseite der Tür klebte, übte den entschiedenen Blick, der sich nach fünfundzwanzig Jahren Berufsleben noch immer nicht in meinen Augen verankert hatte, bevor ich aufschloss und in den Flur trat.

»Was haben Sie denn da drinnen gemacht?«, fragte Lisa aus der Sechsten. Sie hatte sich in einer Fensternische versteckt, um die Pause im Schulgebäude verbringen zu können. Ich antwortete nicht. Eine Treppe tiefer kamen mir die Kinder der 2b entgegengelaufen.

»Machen wir die Musikmassage? Bitte!«

Einige zupften an meinem Ärmel.

Ich bin ein ruhiger, zurückgezogener Mensch, dachte ich.

Als ich nach Hause kam, fühlte ich mich ausgelaugt. Doch kaum trat ich in die ersehnte Stille meiner Wohnung, da schlug mir die Einsamkeit entgegen. Zum Glück hatte ich noch immer den Rhythmus im Ohr, das half. Ich dachte an Amalia, die nichts hatte als ihren eigenen Atem, ihr Herz und die Bewegung der Planeten, und begriff, dass es schwer war.

Ich hatte immer die Musik gehabt, meine Höhle, in der ich mich versteckte und die mich mit allem verband, sogar mit den Mücken, den Fröschen und dem tropfenden Wasserhahn.

Amalia war mit der übrigen Menschheit nur verbunden, weil sie auf ihre Kosten lebte.

»So denken die anderen«, behauptete sie.

»Oder du«, schlug ich vor – und um sie aufzumuntern, gab ich ihr einen Tipp, wie mit dem selbstgerechten Teil der arbeitenden Bevölkerung zu verfahren wäre: »Wenn dir jemand frech kommt, fragst du, warum er mit seinem lustlosen Hintern einen kostbaren Arbeitsplatz besetzt. Andere würden gern dort sitzen. Soll er doch das glückliche Leben im sozialen Netz an ihrer Statt genießen.«

Es war schön gewesen, Amalia lachen zu hören. Ich überlegte, welche Noten ich für ihr Lachen wählen könnte. Das tiefe Lachen im ruhigen Rhythmus des Herzens.

Den Herzschlag würde ich über mein Musikstück legen, das ohne mein Zutun in meinem Inneren weiter wuchs und sich formte. Am Herzschlag bewies sich der Arbeitsrhythmus. Der hektische Puls der Arbeit würde am menschlichen Herzen scheitern. Er weigerte sich, sich ins menschliche Maß zu fügen und schlug gegenan. Es war das Herz, das sich angleichen musste. Mir fiel es wie Wattestopfen aus den Ohren: »Daher die Herzrhythmusstörungen!«

Ich griff mir einige Blätter Notenpapier aus der Schreibtischschublade und legte los.

Es war das Telefon, das alles zerstörte. Ich hätte es längst abgeschafft, wäre da nicht die trügerische Hoffnung gewesen, die Liebe könnte mich anrufen wollen. Die Liebe hätte eine tiefe, ruhige Stimme und viel Stille. Ich sagte mir, dass Amalia geeignet wäre, die Rolle der Liebe zu spielen. Die real existierende Stimme am Telefon war eindeutig fehlbesetzt. Es war Heidrun. Heidrun hatte die große Liebe längst gefunden, sogar geheiratet. Sie liebte Hilmar, den Zahnarztsohn, meinen Bruder.

»Hallo, Heidrun«, sagte ich. Ich bereute meine Trägheit, die mich seit Jahren davon abhielt, mir zumindest ein moderneres Gerät anzuschaffen, mit Display, auf dem die Nummern der Anrufenden erschienen. Da hätte ich gar nicht erst abgenommen. Andererseits wäre es vermutlich vergebene Mühe gewesen. Ich hielt Heidrun für ausgefuchst genug, ihre Nummer zu unterdrücken.

»Hallo, Schwägerin! Wie geht es dir?«

»Och«, sagte ich.

»Da kommst du wohl gerade aus der Schule?«

Ich spürte, wie sie lächelte. Heidrun war schon eine Nette, erinnerte ich mich. Es war kein leichter Job für sie, die Beziehungsarbeit in unserer Familie zu erledigen. ›Nein‹, meinte Heidrun stets, ›leicht ist das nicht, aber es lohnt sich.‹

Jetzt tönte sie im Dienst dieser höheren Aufgabe: »Josefa freut sich schon sehr auf den Geburtstagsbesuch ihrer Lieblingstante.«

Mir weitete sich der Gehörgang. Daher kam der Sirenengesang. Josefas Geburtstag! Heidrun wollte sicherstellen, dass ich kam. Ich hatte die Einladung bereits vollständig vergessen gehabt und mich frei gefühlt.

»Ja«, antwortete ich gepresst, »wir sehen uns Samstag. Bis dann, Heidrun.«

Sie lachte.

»Wir freuen uns«, schallte es aus dem Hörer, während ich ihn zurück auf die Gabel legte.

Meine Zähne mahlten hinter verschlossenen Lippen. Freie

Zeit zerbröselte unter meinen Gedanken. Es war Freitag, und ich sollte abends zum Elternsprechtag anwesend sein. Völlig überflüssig – wer wollte schon mit der Musiklehrerin reden, aber Burkhardt hatte mit strahlenden Augen den Plan gefasst, unseren Musikbereich aufzuwerten. Mir wäre meine Ruhe lieber gewesen. Hätten sie mir zur Aufwertung besser meinen Raum zurückgegeben. Die Schule platzte aus allen Nähten, und der Musikraum war vor einem Jahr ein Klassenraum geworden. Das Klavier stand noch dort – wo hätte es hinsollen – und erinnerte an bessere Zeiten.

Am Elternabend sollte ich nun zum Schein in diesem Raum residieren. Ich dachte mir, dass wohl keiner kommen würde und ich mich ans Klavier setzen könnte. Das wäre dann fast wie zu Hause, besser sogar. Das Schulklavier war ein Geschenk von Margot und hatte einen fantastischen Klang. Beinahe freute ich mich darauf.

Es kam dann anders: Meine Finger bewegten sich in einem flotten Tastenlauf. Ich probte die Melodien, die ich auf die Arbeitsrhythmen legen könnte, als Kathrin Kienzle mit »Guten Abend, Frau Manthey« den Raum betrat. Ich sah auf die Uhr an der Wand. Wie erwartet war bis dahin niemand gekommen. Vielleicht hatten die Eltern mich spielen hören und beschlossen, nicht zu stören. Nun stand Kathrin Kienzle da. Langsam sog ich die Luft durch die Nase, lächelte und reichte ihr die Hand. »Guten Abend.«

Noras Freund Patrick hatte öfter von Frau Kienzle erzählt. Nora kannte ich aus dem Chor. Patrick war arbeitslos, und Frau Kienzle war die Dame von der Agentur für Arbeit. Sie hatte ihm einen gemeinnützigen Job verschafft, mit dem er seine Stütze um einige Euro ergänzte.

»Der Job ist in Ordnung«, hatte Patrick erklärt, »die Frau nicht.«

›Exemplarisch‹, wie er sagte, hatte er uns von einer sonntäglichen Begegnung im Stadtpark berichtet. Kathrin Kienzle hatte auf einer Bank gesessen – ›griesgrämig, wie immer‹. Patrick, der in der Nähe mit dem Müllpicker unterwegs gewesen war, hatte ihr höflich einen guten Tag gewünscht. Sie hatte die Hand gehoben – nicht zum Gruß, sondern um ihm die leere Bäckertüte entgegenzuwerfen. ›Damit Sie Ihren Job behalten können.‹

»Ich wusste wirklich nicht, wie ich reagieren sollte«, erzählte Patrick mit bewegtem Gesicht.

»Verteilen Sie besser nicht zu viele Ein-Euro-Jobs, sonst werden Sie am Ende alle Arbeitslosen und mit ihnen Ihre Arbeit los«, hatte er endlich geantwortet. So wie seine Brauen sich zusammenzogen und sein Atem stoßweise ging, als er uns an seiner Erniedrigung teilhaben ließ, hatte es ihm nichts genützt.

»Sie hält sich für was Besseres, die dumme Kuh.«

Frau Kienzle nahm auf einem der Schülerstühle Platz, ich ihr gegenüber. Ich hatte mich kaum niedergelassen, da legte sie schon los.

»Sie wissen, ich bin berufstätig und habe wenig Zeit für meine Tochter. Da nutze ich den Elternabend, um zu erfahren, wie Maja sich so macht.«

Ich dachte nach – Maja Kienzle, 6b …

»Nun«, sagte ich, »aus meiner Sicht brauchen Sie sich keine Sorgen zu machen. Sie ist mit Freude im Unterricht dabei, kann gut mit den anderen Kindern zusammenarbeiten, und auch was die Einhaltung der Unterrichtsregeln angeht, gibt es keine Probleme.«

Sie seufzte.

»Mir tut es oft leid um das Kind, weil ich doch so eingespannt bin, und nach der Arbeit fühle ich mich erschöpft. Täglich gescheiterte Existenzen um mich herum. Nur Forderungen stellen, das können sie. Wenn ich deren Zeit hätte ...«

Ich hörte sie ausatmen.

»Was dann?« Das interessierte mich. »Was würden Sie tun, wenn Sie Zeit hätten?«

Ihre Stimme klang kraftlos.

»Ich weiß es nicht. Vielleicht wäre ich dann glücklicher, hätte mehr Energie für alles. Ich bin so deprimiert, wissen Sie. Ich habe es mit dem neuen Produkt von Novacrem versucht – *Johannisplus*. Es hat nicht geholfen. Die ziehen den Leuten das Geld aus der Tasche. Man kann froh sein, wenn es nicht schadet. Na ja.«

»Novacrem soll schließen«, entfuhr es mir.

Sie hob abwehrend die Hände.

»Nur das nicht! Eine Katastrophe für unsere Stadt! Ich jedenfalls werde zur Kundgebung gehen.«

Ich dachte an Silvia und wandte ein: »Wenn Novacrem doch den Menschen schadet und ihnen das Geld aus der Tasche zieht ...«

Sie lächelte. »Frau Manthey, wären Sie in meinem Beruf, würden Sie anders reden. Novacrem schafft Arbeitsplätze. Das ist das Entscheidende.«

Ich überlegte, ob ich damit bei Silvia durchkommen würde. Ich kannte ihre Erwiderung: ›In dieser Logik sollten wir Subventionen für Diebstahl und Vandalismus fordern, weil sie die Wirtschaft beleben. Menschen brauchen keine Arbeitsbeschaffungsmaßnahmen, Menschen brauchen Betätigung.‹

Also sagte ich »hmh« zu Frau Kienzle und sah sie an.

»Sie verstehen das nicht«, erklärte sie mir. »Wenn man das jeden Tag sieht, diese Arbeitslosen, da kriegt man es mit der Angst zu tun. Sicherlich, meine Ausbildung ist gut, ich habe auch Umgangsformen. Bisher habe ich es immer geschafft, Maja und mich durchzubringen, aber was heißt das schon. Ich schlafe schlecht, wer weiß, wie lange ich so durchhalten kann, da kann man schnell abrutschen. Neulich sagte eine meiner Kundinnen: ›Ihr habt eure Berechtigung doch auch nur durch uns.‹ Na, der habe ich Saures gegeben. Dennoch ...«

Sie tat mir leid.

»Machen Sie sich keine Sorgen um Maja«, wiederholte ich. »Vielleicht finden Sie etwas, das Ihnen und Ihrer Tochter gemeinsam Freude bereitet. – Maja singt sehr gern«, fiel mir ein. »Vielleicht kommen Sie mit Ihrer Tochter in unseren Schulchor. Donnerstags um achtzehn Uhr proben wir.«

Ein zweiter Blick auf die Uhr – na endlich! Ich reichte ihr die Hand.

»Es würde mich freuen, Frau Kienzle.«

»Wenn es sich einrichten lässt«, murmelte sie, »ich hatte einmal eine recht hübsche Stimme.«

Ich brachte sie zur Tür.

»Entschuldigung«, sagte sie, »dass ich Sie mit meinen privaten Nöten belastet habe. Manchmal muss ich das einfach loswerden.«

Ich nickte. Ihr Blick schweifte durch den Raum.

»Eine recht magere Ausstattung für eine musikbetonte Grundschule. So ist das – dem Staat fehlt das Geld an allen Ecken und Enden. Die Arbeitslosen kosten. Na ja. Wollte Novacrem nicht einen Musikpavillon finanzieren? Was ist daraus geworden?«

»Hat sich zerschlagen.« Ich sah auf meine Armbanduhr.

»Es tut mir leid, ich bin verabredet.«

Als sie draußen war, klinkte ich die Tür zu. Sicherheitshalber drehte ich den Schlüssel um. Hoffentlich kam sie nicht tatsächlich in den Chor. Nun gut, abwarten.

Die Aufzeichnung meiner kleinen Komposition war auf dem Notenhalter des Klaviers verblieben. Ich würde zu Hause weiter daran arbeiten.

Der Musikpavillon – die Idee hatte Burkhardt vor sechs Jahren eingebracht, aber die Stadt hatte ihn abblitzen lassen: »Kein Geld.«

Erst kurze Zeit zuvor hatten sich die Abgeordneten auf das Recht zur partiellen städtischen Autonomie berufen und Britta vorübergehend von Steuerverpflichtungen entlastet. Novacrem sollte die eingesparten Gelder in den Ausbau der Fabrik investieren und dadurch die Wirtschaft ankurbeln. »So ein Quatsch«, hatte Silvia gemurrt. »Was nützt es der Stadt, wenn Novacrem floriert, solange von dem Gewinn nichts in die öffentlichen Kassen fließt?«

Mir war das mit der Wirtschaft zu kompliziert, obwohl Silvia immer sagte: »Ach was, man darf sich von denen nicht verwirren lassen. Einfach denken hilft Wunder.«

Zumindest damit hatte sie recht: Trotz der Ankurbelei blieb auch in den folgenden Jahren nichts übrig für unseren Pavillon.

Eines Tages war dann der Bürgermeister mit Britta an seiner Seite strahlend in unsere Schulkonferenz hineingeplatzt. Novacrem sei bereit, den Bau eines Musikpavillons privat zu finanzieren. Das Kollegium und die Elternvertreter hatten fröhlich applaudiert, während Burkhardt vergeblich mit den Händen gefuchtelt hatte, um sich Gehör zu verschaffen. Schließlich war er auf einen Stuhl gestiegen, hatte die Hände zu einem Trichter geformt und laut gerufen: »Ich lehne ab!«

Verblüffte Gesichter, Empörung, in die er drei weitere Sätze sprach: Die Förderung der öffentlichen Bildung sei Angelegenheit der gewählten Stadtvertretung. Sofern Novacrem Geld zu vergeben habe, sollten sie zunächst die Steuern der vergangenen Jahre nachzahlen. Wenn es dazu käme, dass Novacrem bildungspolitische Entscheidungen treffe, sei dies das Aus für die Demokratie.

Dann Schweigen. Nur Silvia hatte kräftig applaudiert.

Ich grinste in Erinnerung an diese Szene: Britta im pastellgrünen Kostüm und hohen Hacken, auf denen sie die Kehrtwende vorgenommen hatte, und der Bürgermeister, der, beruhigende Worte murmelnd, hinter ihr her gestolpert war. Silvia hatte an diesem Abend auf einem gemeinsamen Glas Sekt mit Burkhardt und mir bestanden.

Während ich über diese Begebenheit nachsann, fiel mir die morgendliche Begegnung mit dem Rektor auf dem Flur wieder ein. Mit einem Mal irritierte mich seine Freude über Margots Besuch. Was war anders, wenn, wie Burkhardt zu hoffen schien, die alte Dame an Stelle von Britta den Pavillon finanzierte?

Ich packte meine Noten, entriegelte die Tür. In der kleinen Kaffeeküche gegenüber dem Lehrerzimmer fand ich nur noch Silvia, die treue Seele. Sie trocknete die Kaffeetassen und sagte: »Da bist du endlich.«

»Wo ist unser Rektor?«

»Zu Hause, denke ich. Warum?«

Ich teilte ihr meine Verwunderung mit, aber sie zuckte lediglich mit den Achseln.

»Margot ist Margot und Britta ist Britta. Aber frage ihn

selbst. Er wird morgen in der Hafenklause sein. Wir haben uns dort verabredet.«

Ich schob die Unterlippe vor und zog die Brauen zusammen.

»Du kannst auch kommen«, ergänzte sie nach einem Blick auf mein Gesicht, »aber es wird dich nicht interessieren. Wir treffen uns, um die Kundgebung zur Rettung von Novacrem mitzuverfolgen. Wir werden wohl die Einzigen sein, die nicht teilnehmen.« Sie schnaubte.

Es wurmte mich den ganzen Weg nach Hause. Was sollte das nun wieder? Schlussendlich war ich die beste Freundin von Silvia. Selbstredend würde ich nicht auf der Kundgebung für eine Firma erscheinen, die Silvia verhasst war. Meine kindliche Anhänglichkeit an Novacrem war überwunden, und ich hatte längst ein reifes Urteil gefällt.

Womöglich würde ich am Samstagvormittag auf dem Weg zu Josefas Geburtstag zufällig in die Hafenklause stolpern. Das konnte gut sein. Der Tag war ohnehin angefressen, da spielte das keine Rolle mehr.

Zu Hause angekommen bemerkte ich, dass die Einsamkeit verschwunden war, vertrieben von den Vorhaben, die mir den freien Samstag stehlen würden. Ich setzte mich an mein Klavier. Meine Finger berührten sanft die Tasten, tonlos, der Nachbarn wegen. Ich hörte die Musik auch so.

Es war mein erster Freitagabend ohne Amalia. Vor einer Woche hatte ich sie kennengelernt und damit die Möglichkeit gewonnen, sie zu vermissen.

Amalia mochte tanzen gegangen sein.

In der Landeshauptstadt fand an jedem Wochenende ein queeres Tanzereignis statt oder jedenfalls ein Ball mit offener Atmosphäre. Amalia mochte gerade zu einer der Damen gehen, die allein saßen. Sie mochte ihr zunicken und freundlich um den Tanz bitten. Sollte sie. Sollten sie sich aneinanderlehnen und gemeinsam zur Musik bewegen. Das gehörte nun mal dazu. Nur ansehen durfte sie sie nicht, wie sie mich am vergangenen Wochenende angesehen hatte.

Ich spürte noch immer ihren Blick in mir nachklingen. Er hatte etwas von der Art gehabt, wie Margot mich ansah, nur dass Amalias Lider nicht über den Rand ihrer Augen hingen wie es bei Margots alten Augen der Fall war und mich rührte. Amalias Blick war unverschleiert und er war ebenfalls tief in mein Inneres gedrungen.

Ich schüttelte unwillig den Kopf. Es war Blödsinn, Amalia und Margot zu vergleichen, sexuelle Anziehung mit mütterlichem Interesse, Birnen mit Äpfeln. »Th!«, machte ich.

Eigentlich hatte ich nach dem Ball zurückfahren wollen nach Süderlenau. Dann war ich das ganze Wochenende bei Amalia geblieben. Am Samstagvormittag hatten wir Unterwäsche und eine Zahnbürste für mich gekauft. Danach waren wir wieder ins Bett gegangen.

Am Sonntag spätabends hatte ich ihr meine Telefonnummer und meine E-Mail-Adresse gegeben und war abgereist.

Ob etwas daraus werden würde? Sicherheitshalber bezweifelte ich das. Aus meinen Geschichten war nie etwas geworden. Mich zog es zu den falschen Frauen – solchen, die nie mehr wollten oder nicht mehr konnten als eine Affäre. In gewisser Weise kam mir das entgegen – wenn nur die Sehnsucht nicht gewesen wäre.

Geräuschvoll klappte ich den Klavierdeckel zu, stand auf, dass der Hocker kippte und erst nach einigem Gewackel wieder zur Ruhe kam, ging zum Computer. Ich hatte mein Postfach seit einer Woche nicht gecheckt, hatte Vorsicht walten lassen, nachdem ihr Anruf ausgeblieben war.

Recht hatte ich damit gehabt! – Ich fuhr die Maschine unverrichteter Dinge wieder herunter. Man sollte Aufregungen und Enttäuschungen vor dem Zu-Bett-Gehen vermeiden.

Das bunte Päckchen klapperte unter meinem Arm. Bei jedem Besuch ergänzte ich das Rohmaterial, aus dem Josefa und ich unsere Welten schufen. Zu ihrem Geburtstag hatte ich neben einfachen Stecksteinen solche besorgt, die Tiere und Blumen symbolisierten. Josefa würde lachen vor Freude. Ich nahm die Treppe zum Hafen als Tastatur und hüpfte auf den Halbtönen hinunter zum tiefen Cis. Die weißen Tasten übersprang ich – gewagt war das.

Der Blick auf unser Hafenbecken. Die Fischer waren bereits am frühen Morgen auf See gefahren. Nur ein Boot lag vor Anker. Die Netze waren zum Trocknen in der Sonne ausgelegt. Weiter den Kai entlang und dann hügelaufwärts befand sich das Gelände von Novacrem, davor eine Menschenmasse mit Transparenten und Plakaten.

»Huhuh, Katharina!«

Ich schlenderte hinüber zur Hafenklause, wo Silvia aufgesprungen war und winkte.

»So ein Zufall. Ich bin auf dem Weg zum Geburtstag meiner Nichte.«

Sie machten mir bereitwillig Platz, doch Silvia legte gleich darauf den Finger auf den Mund.

»Psst!«

Britta hielt eine Ansprache, und die Lautsprecher trugen ihre Worte bis hinüber zu uns Abweichlern. Es war von Verantwortung und der engen Bindung zwischen Süderlenau und Novacrem die Rede. Novacrem würde den Ort nicht verlassen, wenn es nicht nötig war. Es bedurfte gemeinsamer Anstrengungen und gegenseitigen Entgegenkommens. Man würde Opfer bringen müssen. Entlassungen ließen sich nicht vermeiden.

»Sieh dir diese Masse von Leuten an.«

Silvia schürzte kopfschüttelnd die Lippen, während drüben die Menschen klatschten und sanft mit Transparenten und Plakaten winkten.

»Novacrem muss in Süderlenau bleiben!« – »Arbeit schafft Heimat!« – »Heimat braucht Arbeit!« und all solche Sprüche.

»Jetzt seid ihr da«, grollte Silvia, »wo wart ihr '71– das frage ich. Überall gab es Proteste, nur in Süderlenau blieb alles ruhig.«

Ich musste nun doch grinsen.

»'71 ist lange her.«

Silvia schnaubte nur: »Als hätte sich was geändert – ha! Ach was.«

»Wie hat Margot es durch euer moralisches Raster geschafft?«, kam ich auf mein Anliegen zu sprechen. »Sie hat ihre Millionen im Sexgeschäft gemacht.«

Silvia bedachte mich mit einem finsteren Blick.

»Margot hat sich aus ärmlichen Verhältnissen hochgearbeitet! Du willst sie nicht ernsthaft mit einem verwöhnten, eingebildeten Geschöpf der selbsternannten gehobenen Klasse wie Britta in eine Schublade stecken!«

»Hmh!«

Ich wandte mich an Burkhardt, der außer ›Guten Morgen‹ noch nichts gesagt hatte und unser Wortgefecht aufmerksam verfolgte.

»Wenn eine sich hochgearbeitet hat, ist es in Ordnung, wenn sie durch Sponsoring die Bildungspolitik unserer Stadt bestimmt?«

Burkhardt errötete. »Na ja, Margot hat als Geschäftsfrau

gewisse Grenzen des Anstandes nie überschritten. Die Bordelle, die sie geführt hat, waren für ihre fairen Arbeitsbedingungen bekannt. Mittlerweile beschränkt sie sich auf die Massenproduktion von Sexspielzeugen, und ihr Unternehmen gilt hinsichtlich der Entlohnung und Gestaltung der Arbeitsplätze als vorbildlich.«

»Aha? Faire Unternehmer dürfen die Demokratie aushebeln«, stellte ich fest.

Sein Ringfinger trommelte auf dem Tisch. »Das hat mit Demokratie nichts zu tun, sondern mit Pragmatismus.«

Silvia lachte. »Opportunismus ist das treffendere Wort, Burkhardt! Obwohl ich deine Haltung verstehe.«

»Gut«, lenkte er ein. »Mein Opportunismus reicht bis zu Margot, aber nicht bis zu Britta. Ich habe im Internet recherchiert, Zeitungsartikel gelesen …«

Sein Gesicht wurde zunehmend röter.

»Im Grunde ist es so: Ich habe gewissermaßen eine persönliche Geschichte mit Margot Krause – und ein persönliches Gefühl von Vertrauen.«

Ich bemerkte, wie ein Wurm durch meine Eingeweide kroch. Es fühlte sich an wie in meiner Kindheit, wenn die Mutter Hilmar mit diesem liebevollen Blick in die Augen nahm und ›mein Junge‹ sagte, während ich mit Hunger in der Seele danebengestanden hatte.

»Wieso haben Sie eine persönliche Geschichte mit Margot?«, platzten die Worte zwischen meinen Lippen hervor.

Burkhardt hob seine Hand, als wollte er sie beruhigend auf die meinige legen. Vorsorglich zog ich meinen Arm vom Tisch, ließ die Hand gut geschützt neben meinem Stuhl baumeln. Burkhardt schwieg einen Moment, bevor er ansetzte:

»Ich war ebenfalls nicht begeistert, als Margot Jahre später besuchsweise nach Süderlenau zurückkehrte und mich dann stets linksliegen ließ. Stattdessen hatte sie einen Narren an dem musikalischen Wunderkind unserer Stadt gefressen.«

»Tss!«, machte ich.

Silvia beobachtete uns amüsiert.

Er beugte sich vor: »Ich erzähle Ihnen gern, welche Rolle Margot in meinem Leben gespielt hat, aber wenn wir nun so privat werden, bestehe ich darauf, endlich zum Du überzugehen. – Burkhardt …« Er streckte mir seine Rechte entgegen. Die Kauflächen meiner Zähne mahlten gegeneinander.

»Nach all den Jahren«, ermunterte er mich.

»Katharina«, brachte ich widerstrebend hervor, während ich seine Hand ergriff. Schmale Finger umfassten mich warm, fest und trocken. Ich ließ los.

»Dass du dich erpressen lässt.« Silvia schüttelte den Kopf, bevor sie sich von mir abwandte und Burkhardt aufforderte: »Nun aber raus mit deiner Geschichte.«

»Mein Vater hatte eine Affäre mit Margot«, eröffnete er.

»Da war er kaum der Einzige. Mit so einer mageren Story erschleichst du dir das Du von Katharina?!«

»Mein Vater hat wenig Zeit mit mir verbracht; meistens hatte er mit seinen Aufgaben als Direktor der Bank von Süderlenau zu tun, selbst an den Wochenenden. Wenn er einmal zu Hause war, war er müde und zu nichts zu gebrauchen, wie meine Mutter sagte. Womöglich hatte ihn die Affäre mit Margot zusätzlich erschöpft. Dennoch: Er liebte meine Mutter und hing an ihr. Ich denke, es war, weil sie ihn kannte. Mit Margot muss es etwas völlig anderes gewesen sein. Er hat sie gewissermaßen bezahlt für die Beziehung. Es war etwas Sexuelles natürlich, und er wird sich jung mit ihr gefühlt haben, unbeschwert. Keinesfalls hätte er für sie seine Ehe riskiert.«

»Du kennst dich gut aus mit den Affären deines Vaters«, mokierte sich Silvia.

»In Grenzen«, erwiderte er, »aber tatsächlich, nach dem Tod meiner Mutter hatte er das Bedürfnis, mir zu beichten.«

»Und was hattest du mit Margot zu tun?«

Ich schob den Unterkiefer vor. Silvia legte mir ihre Hand auf den Unterarm, der inzwischen auf den Tisch zurückgekehrt war.

»Mein Vater hatte häufig den Wunsch, mit seiner jungen Geliebten zu verreisen. Meine Mutter nahm ihm die vielen Geschäftsreisen irgendwann nicht mehr ab, und so ist er auf die Idee mit mir gekommen. Angeblich um das Vater-Sohn-Verhältnis zu festigen, hat er mich regelmäßig zu einem langen Wochenende entführt. Die intensivsten Erinnerungen an meinen Vater habe ich von diesen Ausflügen. Wir sind schwimmen gegangen, haben Fußball gespielt und Baumhütten gebaut – alles, was ein Sohn sich von seinem Vater wünschen kann.

Margot war noch blutjung damals, zwanzig vielleicht, und spielte die junge Mutter. Sie hat uns Getränke hingestellt, für anständiges Essen gesorgt und mir am Abend vorgelesen. Ich vermute, diese Aufgaben waren ihr angenehmer als die anderen, die sie übernahm, wenn ich in meinem Kinderbett eingeschlafen war. Im Nachhinein erscheint mir das Ganze wie ein großangelegtes Rollenspiel, in dem wir alle unsere Sehnsüchte unterbrachten.«

Silvia hob die Augenbrauen. »Nun, in Margots Fall handelte es sich wohl mehr um handfeste Interessen.«

Burkhardt biss sich auf die Lippe. »Sie spielte gern«, beharrte er und fuhr fort: »Meiner Mutter durfte ich nichts von Margot erzählen. ›Dann ist es mit den Ausflügen vorbei‹, hatte Papa mir eingeschärft.

Irgendwann ist es dann wirklich vorbeigewesen. Das war, als Margot ihr rundes Bäuchlein bekam. Ich hatte mich gewundert, wie viel sie nur gegessen haben mochte. Da hat sie mir zugeblinzelt. ›Das ist nicht vom Essen. Wahrscheinlich wohnt ein Geschwisterchen von dir in meinem Bauch.‹

Papa hat das gehört – ich nehme an, das wollte sie so. ›Nein‹, hat er gesagt. Das war's. Ich habe Margot danach Jahre nicht mehr gesehen.«

Ich hatte keinen Seelenraum frei für Burkhardts Verletzung. Stattdessen warf ich die Information dem bohrenden Wurm in meinem Innern als Futter vor: Nun hatte Margot obendrein ein Baby gehabt!

»Was ist aus ihrem Kind geworden?«

Burkhardt zuckte die Achseln. »Darüber habe ich nichts herausgefunden – immerhin, es könnte mein Bruder gewesen sein. Ich hätte gern einen Bruder gehabt ...«

Die Versammlung vor Novacrem begann sich aufzulösen. Passanten kamen vorüber und nickten uns Dissidenten zu. Silvia sah auf ihre Uhr, ihr Kehlkopf begann auf und nieder zu hüpfen.

»Ich muss nach Hause.«

Burkhardt war irritiert: »Wartet ein Kind auf dich?«

»Gewissermaßen.«

Ihr Lachen war kurz und brach ab.

»Auf Wiedersehen, Burkhardt.«

Mich umarmte sie und drückte mich liebevoll. »Eine schöne Geburtstagsfeier, Katharina. Gruß an Heidrun und Hilmar.«

Ich trug ihr keine Grüße an Michael auf, weil ich wusste, dass Michael das gleichgültig war. Michael war ausschließlich an Silvia interessiert.

Alleingelassen mit meinem Rektor fand ich nicht mehr in eine selbstverständliche Haltung zurück und rutschte auf dem Stuhl hin und her.

»Na dann.« Ich stand auf.

Seine Augen leuchteten mich an.

»Ich wünsche dir ein schönes Wochenende.«

Hinter einer engen Mündung zur See hin befindet sich die kleine Bucht, an deren Nordufer Süderlenau liegt. Ein Wanderweg führt am Wasser entlang und endet, nachdem er die Bucht umrundet hat, auf deren Südseite an einem langen Sandstrand am offenen Meer. Zehn Kilometer sind es von Süderlenau bis zu diesem Strand, und ungefähr auf halber Strecke liegt Heringsort, wo Heidrun, Hilmar und Josefa wohnen. Heidrun war dort aufgewachsen und hatte vor Jahren, nach dem Tod ihrer Großmutter, ein Häuschen in dem Ort geerbt.

Am schönsten ist es dort zur Zeit der Rapsblüte, wenn die gelben Felder zwischen dem Grün von Kuhweiden und jungem Getreide hervorleuchten. Als ich mit dem klackernden Päckchen die hügelige Landschaft durchwanderte, war der Raps längst verblüht, die Früchte geerntet. Die Erde lag offen und braun gefurcht. Einige Schwäne watschelten über die Äcker, um von der neuen Saat zu kosten, die vereinzelt grün aus dem Boden brach.

Heringsort und Süderlenau sind verfeindet, daran hat die Eingemeindung des Dorfes vor nun mehr als vierzig Jahren nicht rütteln können. Die Feindschaft gründet vor allem in dem Zank um die Heringe, die auf ihrem Laichzug im Frühjahr zunächst an unserer Stadt vorüberschwärmen, sofern sie nicht in die Reusen geraten, die die Süderlenauer Fischer seit Jahrhunderten bei uns auslegen. Erst wenn sie diesen entronnen sind, führt ihre Reise sie tiefer in die Bucht hinein nach Heringsort. Heutzutage wird den Fischen nicht nur von Berufs wegen aufgelauert. Die Heringszeit ist Anlass für ein großes Fest mit Zuckerwatte und Karussells, währenddessen Süderlenau geschlossen am Kai steht und die Angeln auswirft, ein weiterer Dorn in den Augen der missgünstigen Nachbarn, die von jeher klagen, wir würden zu viele Heringe wegfischen. Der Bestand sei durch uns gefährdet, behaupten sie.

Natürlich ist das Unsinn. Riesige Schwärme ziehen an Süderlenau vorbei, ohne auch nur in die Nähe einer Angel zu kommen. Die Heringsorter sind schlicht Neidhammel und gönnen uns keinen Fitzel Fisch an der Gräte.

Ich hatte Heidrun im Konfirmationsunterricht kennengelernt und war zunächst voreingenommen gewesen, weil sie aus Heringsort kam. Doch Heidrun mochte keinen Fisch. Ihr missfiel die Heringsgier ihrer Mitbürger ebenso wie uns Süderlenauern. So hatten wir über die Feindseligkeiten hinweg Freundschaft schließen können.

Heidrun und ich waren häufig den Weg am Meer entlangspaziert, hatten auf dem Findling gesessen, den ein romantisch beseelter Heimatdichter aus Heringsort als »gewaltigen Felsen« besungen hatte. Sie war meine beste Freundin gewesen, bis sie sich – viel später dann – in Hilmar verliebte und keine Zeit mehr für mich hatte.

Ich hatte mich selbst nicht verstanden, so zickig hatte ich reagiert. Erst vor guten zwei Jahren hatte ich den Schmerz überwunden und Heidrun als meine Bruderfrau anerkannt. Da war sie siebenundvierzig Jahre alt und hatte mir zur Überraschung aller meine Nichte geschenkt: die kleine Josefa mit dem starken Willen.

Die Luft war kühl und klar. Ich schritt kräftig aus und horchte auf das Schreien der Möwen. Kühe standen mit überquellenden Augen am Zaun, unbewegte Zeuginnen meines Vorüberschreitens. Ich schlenderte an dem langen Holzschuppen vorbei und horchte auf die Stille. In den Tagen meiner Freundschaft mit Heidrun hatte von dort Gegacker geklungen. Wir waren neugierig gewesen und einmal, als die Tür offen gestanden hatte, waren wir hineingeschlichen. Dicht an dicht hatten die Hühner in engen Käfigen gesessen.

Ich hatte weinen müssen. Heidrun nicht. Sie hatte Gefühlsduselei nie gemocht.

Mich hatten die Hühner lange beschäftigt. Eingesperrt sein ist furchtbar, allein sein ist entsetzlich. Das Schicksal der Hühner, beides ertragen zu müssen, schmerzte mich.

Es drängte mich, mich tiefer mit ihrer Situation zu beschäftigen, um die Ursachen für ihr Leiden zu ergründen. Heidrun half mir bei einem Referat über Tierhaltung in Deutschland, mit dem alles noch schlimmer wurde, so dass ich mich in der Folge geweigert hatte, Milch zu trinken, Fleisch, Eier, Butter oder Quark zu essen, bis eines Tages der Zahnarzt in mein Zimmer eindrang. Er hatte auf meinem Schreibtischstuhl Platz genommen, während ich auf dem Kinderbett hockte, und ich hatte gewusst, er würde nicht weichen, bis ich gesprochen hatte. Ich weiß noch, wie er mir nach meiner trotzigen Erklärung über den Kopf gestrichen hatte. Mir ist das in Erinnerung geblieben, denn die Gelegenheiten, zu denen meine Eltern mich zärtlich berührten, kann ich an einer Hand abzählen.

Damals führte der Vater mich in die Tatsachen des Lebens ein, die Ohnmacht der Menschen sich selbst gegenüber: Alles musste sein und bleiben, wie es war, des Geldes wegen, das die Menschen zur Erleichterung ihres Tauschverkehrs erfunden und dessen Eigendynamik sie sich mitsamt ihrer Landwirtschaft unterworfen hatten. Wollten die Bauernhöfe auf dem Markt bestehen, konnten sie Hühnern, Kühen und Schweinen keine Tierwürde gestatten. Das ließ sich nicht ändern, selbst dann nicht, wenn wir Berge aus Butter herstellten, die niemand aß, und nicht einmal wenn den Bauern Prämien gezahlt wurden, um überzählige Rinder zu schlachten. Das System war größer und stärker als wir.

Ich wollte nicht, dass mir die Zähne im Mund verfaulten, wie der Zahnarzt es mir vorausgesagt hatte für den Fall, dass ich bei meiner veganen Lebensweise bleiben sollte. Dennoch vergaß ich die Hühner nie. Sie gaben den Ausschlag, mich an Silvia anzuschließen, als sie nach Süderlenau kam und über die Auswüchse des Kapitalismus wetterte.

Heidrun hatte versprochen, den Kinderbesuch erst für den späten Nachmittag einzuladen. Einen Moment verweilte ich lauschend an der Gartenpforte. Stille. Sie schien Wort gehalten zu haben, und ich wagte mich näher.

Josefa schoss aus dem Hinterhalt auf mich zu und umklammerte mein Bein.

»Herzlichen Glückwunsch, Geburtstagskind!« Ich hob sie hoch. Während sie sich an mich drückte und die Arme um meinen Hals legte, schloss ich die Augen.

»Ich habe sie doch ganz schön lieb«, erklärte ich Heidrun, die aus der Haustür trat.

»Das hast du«, bestätigte Heidrun amüsiert, »und es wundert dich jedes Mal. Du solltest öfter kommen, dann vergisst du nicht so schnell, wer dir etwas bedeutet. Übrigens, dein Vater ist schon da.«

Ich riss die Augen auf und trat einen Schritt rückwärts auf

die Gartenpforte zu, suchte Halt, indem ich die kalte Klinke umklammerte.

»Nichts da!« Heidrun schärfte ihren Tonfall. »Ich habe Opa eingeladen, aber schlussendlich ist er euer Vater.«

»Vielleicht«, meuterte ich leise.

»In welcher Bedeutung des Wortes auch immer«, ergänzte Heidrun. »Ich finde nicht gut, was sie mit dir abgezogen haben. Trotzdem: Er hat für dich gesorgt.«

So war das, wenn man eine kleine Nichte hatte. Vor Josefas Geburt hatte ich Ruhe und Abstand gehabt. Ich hatte Hilmar an seinem Geburtstag gesehen, wenn es hochkam. Vater hatte ich eine Karte geschickt. Mutter war seit Jahren tot. Nun krauchte alles um das Kind zusammen, und Heidrun zurrte die Familienbande enger. Ich hätte damit rechnen sollen, dem Zahnarzt zu begegnen. Kurz nach Josefas Geburt hatte er unsere alte Wohnung verkauft und war Heidruns Wunsch folgend nach Heringsort gezogen. Die Luft wurde mir knapp, als ich, den kleinen Moppel im Arm, das Haus betrat.

Mein Vater kam mir im Rollstuhl entgegen. Einen Moment erschrak ich, obwohl seine Entscheidung, sich nicht ständig mit dem Rollator voranzuquälen, Jahre zurücklag.

»Mein Kind«, sagte er mit weitgeöffneten Armen. Ich biss die Zähne zusammen, wich zurück und reichte ihm unserer Familiensitte gemäß höflich die Hand.

»Hej, Katharina.« Hilmar klopfte mir auf die Schulter. »Mich umarmt er neuerdings auch«, wisperte er mir ins Ohr. »Sei mal nicht so.«

»Du bist sein Sohn«, flüsterte ich zurück.

»Und du seine Tochter.«

»Haha!«

Josefa regte sich »Will runter!«

Sie nahm mich bei der Hand und zog mich zu dem Tisch, auf dem ihre Geschenke lagen.

»Wow!« Ein ganzer Eimer mit Duplo-Steinen!

»Von Opa!«

Da war er wieder in seinem Rollstuhl.

»Unsere Kleine hat mir erzählt, dass ihr plant, die Welt neu zu erschaffen. Ich fand das unterstützenswert.«

»Danke.« Ich sah nicht einmal auf.

»Wir legen die Steine auf den Esstisch und bauen gemeinsam«, schlug er vor.

»Ja, Opa!« Josefa wackelte zum Tisch, in jeder Hand einen Duplo-Stein.

Er sah mich an: »Ich weiß schon, dass es zu spät ist, dein Vater werden zu wollen.« Und weiter mit über den Augen zusammengezogenen Brauen: »Du brauchst gar nicht die Lippen zusammenzukneifen. Ich sehe es an deinem *Musculus masseter,* dass du schon wieder mit den Zähnen knirschst.« Und lauter werdend: »Ich hoffe, du trägst jedenfalls deine Schiene in der Nacht.«

»Doch, Vater«, sagte ich.

Hilmar stellte sich neben mich.

»Hack nicht immer auf Katharinas Zähnen herum, Papa. Sie kann nichts dafür. Sie hat jeden Abend geputzt – von rot zu rot – die kreisende Putzbewegung war noch nicht erfunden – viel sorgfältiger als ich. Es hat ihr nichts geholfen.«

Ich nickte: »Ich habe nicht eure Zahnsubstanz. Daran muss es liegen.«

Josefa warf mit lautem Lachen einen Duplo-Stein zu Boden.

»Zeig du mir mal deine Zähnchen«, bat der Opa.

Heidrun verschwand, um Essen vorzubereiten, während Hilmar sich am Computer zu schaffen machte.

»Ich bin dabei, den Film zu schneiden, den ich aufgenommen habe, als wir letztens mit Josefa am Strand waren.«

Heidrun deckte den Tisch.

»Das Salz fehlt«, stellte Hilmar fest, als alle um den Tisch versammelt waren.

»Was bist du nur für ein Arschloch!« Heidrun stieß heftig den Stuhl zurück, rannte in die Küche, kam zurückgewogt und knallte das Salzfässchen vor ihn hin.

»Danke.« Er nahm es und salzte sein Essen nach.

Nach dem Essen half ich Heidrun beim Abräumen und in der Küche.

»Ich hasse ihn.« Die Teller schepperten aus ihrer Hand in den Geschirrspüler. »Ich habe damals versucht, ihn loszuwerden, weißt du, aber er war so beharrlich.«

Ich erinnerte mich – Sommer '93 – neunzehn Jahre war das her. Nie zuvor hatte ich Heidrun so verträumt erlebt. In allem, was wir in jenen Tagen erlebten, war ihr Hilmar, selbst in den Tieren auf der Koppel, die uns Apfelstücke von der Hand fraßen. ›So sind seine Lippen, weich wie eine Pferdeschnauze.‹ Mir war das gegen den Strich gegangen.

»Jetzt ist es zu spät, ihn zu verlassen«, behauptete sie.

»Warum?«

Sie druckste herum: »Würde ich denn mit Josefa am Rockzipfel Arbeit finden ... und in meinem Alter ...«

»Du hättest das Salz nicht holen müssen.«

Die Wut in ihrem Gesicht wich einem gequälten Ausdruck.

»Er arbeitet so viel in der Praxis – es käme mir unfair vor. Ihr denkt doch sowieso alle, dass ich ihn wegen der Praxis geheiratet habe.«

Ich grinste. Außer Heidrun selbst wäre wohl niemand auf diesen Gedanken gekommen.

›Vielleicht ist es sexuelle Abhängigkeit‹, hatte sie '93 sinniert.

›Vielleicht bist du verliebt?‹, hatte ich dagegengehalten.

›Quatsch! Ich verliebe mich nicht! Ich denke gar nicht daran!‹

»Fertig.« Heidrun füllte das körnige Spülmittel in das Fach, verschloss es sorgsam und klappte die Tür der Maschine hoch. Wie routiniert sie ihre häuslichen Pflichten erledigte ...

Als wir jung gewesen waren, hatte ich Heidrun bewundert: Gegen den Willen ihrer Eltern hatte sie sich nach der Realschulreife eine Ausbildungsstelle als Gas-Wasser-Installateurin gesucht. Das war in den siebziger Jahren alles andere als einfach gewesen. Nachdem sie die Lehre abgeschlossen hatte, hatte sie auf dem zweiten Bildungsweg das Abitur nachgemacht und im Anschluss ein Studium zur Bauzeichnerin begonnen. Nebenher arbeitete sie, um sich ihr WG-Zimmer finanzieren zu können. Ich dagegen saß auf dem weichen finanziellen Polster der Zahnarztfamilie und mäanderte durch verschiedene Studiengänge. Dann kam es mit der Liebe zwischen meinem Bruder und ihr zum Bruch zwischen uns. Die beiden heirateten knapp zwei Jahre später. Als sie kurz darauf ihren Beruf aufgab und die Rolle der Helferin ihres Mannes einnahm, war es mir wie Verrat an unserer gemeinsamen Sache erschienen, obwohl ich nicht hätte sagen können, worin diese Sache bestand. Heidrun drehte den Schalter der Spülmaschine, und ich spürte eine wilde Lust, sie herauszufordern.

»Du könntest dir Arbeit suchen, jetzt wo Josefa in die Kita geht. Dann bist du unabhängig von Hilmar.«

Sie funkelte mich an: »Du meinst wohl, ich ruhe mich auf Kosten deines Bruders aus!«

»Nein! Gar nicht!«

»Diese ständige Abwertung der Hausfrauenrolle kotzt mich an! Hilmar ist der Einzige, der meine Arbeit zu schätzen weiß!«

»Das freut mich für euch!«

Sie warf ein Handtuch nach mir, stürmte hinaus, die Küchentür fiel lautstark ins Schloss. Wie ein Echo hörte ich nur wenige Sekunden danach weitere Türen knallen.

Mir schien, es wäre nun langsam Zeit für mich zu gehen.

»Tschüs, Kathinka.« Hilmar winkte.

»Tante bleibt!« Josefa stampfte mit dem Fuß.

»Warte einen Moment, Katharina, ich komme mit.« Vater rollte in den Flur, suchte nach seinem Mantel.

Musste das sein? Am liebsten wäre ich davongelaufen.

»Schon fertig!«

Ich griff nach seinem Rollstuhl, bugsierte ihn vorsichtig rückwärts die Schwelle hinunter in den Garten, zu meinem Erstaunen, ohne dass der Zahnarzt protestiert hätte. Auch als ich die Griffe weiter in der Hand behielt und ihn vom Grundstück hinaus auf den Gehweg rollte, blieb er friedlich sitzen. Wenig später kam er zur Sache.

»Heidrun hat mit mir gesprochen. Du wärst dir nie sicher gewesen, ob du wirklich unser Kind bist.«

»Hmh.«

Ich war froh, hinter dem Rollstuhl gehend, keine Möglichkeit zu haben, ihm ins Gesicht zu sehen und begriff, warum er sich so bereitwillig schieben ließ.

»Ich hoffe, dass du meine Tochter bist«, hörte ich ihn und sah seine Hände, die auf den Lehnen ruhten, sich verkrampfen.

»Anders als Hilmar hast du die Wahl.«

Ich schluckte.

»Wir hätten es dir gleich sagen sollen – spätestens als wir deine Zweifel bemerkten. Damals hatte ich Angst, es würde alles noch schlimmer machen …«

Er redete immer weiter, tonlos, wie einer, der einen auswendig gelernten Text herunterleiert.

»Deine Mutter hatte sich in die Idee verrannt, du wärst ein Kuckucksei. Sie war furchtbar eifersüchtig. Ich hatte ihr Anlass dazu gegeben – nur was dich anging, täuschte sie sich.«

Er stemmte sich ein wenig hoch, als wollte er sich zu einem imaginären Gesprächspartner vorbeugen.

»Mit dir hatte das nichts zu tun, Katharina«, schimpfte er, »und darum geht es dich gar nichts an.«

Ich nickte, obwohl er mich nicht sehen konnte. Er ließ sich in den Sitz zurücksinken, legte die Hände in den Schoß.

»Du hast ganz recht gehabt. Du bist nicht unser leibliches Kind. Wir haben dich adoptiert.«

Stille.

»Du hast es gewusst, nicht wahr?«

»Ich weiß nicht.« Ich hörte mich krächzen. »Wohl eher vermutet.«

»Es tut mir leid«, behauptete er kühl und fuhr im gleichen Tonfall fort: »Du bist dennoch immer unser Kind gewesen. Wir haben dich beide geliebt, deine Mutter ebenso wie ich. Ich habe das selbst erst spät begriffen, aber so ist es gewesen.«

»Hmh.« Ich verkniff es mir »Na und?« zu sagen, doch es kostete mich Kraft. Ich dachte wieder an diesen Gorilla, dem ich als Fünfjährige im Zoo begegnet war. Der Gorilla lebte zum Zeitpunkt unseres Zusammentreffens in einem Gehege, das keinerlei Rückzugsmöglichkeiten bot, so dass er den zudringlichen Blicken der Besucher schutzlos ausgeliefert war. Sie zeigten auf ihn und lachten, während er sich gegen Mauern drückte und hinter dem einen schmalen Baum zu verbergen suchte. Als er die Zähne fletschte, lachten sie härter. Am Ende griff er nach seinem Kot, schleuderte ihn gegen die Peiniger, und so gelang es ihm endlich, die Gaffer auf Abstand zu treiben.

Ich wollte nicht mit Dreck werfen, aber ich würde es tun, wenn ich nicht auf andere Art entkommen konnte.

»Du schaffst den Rest deines Weges allein?«, fragte ich und entschied mich für einen Hauch Ehrlichkeit. »Das ist alles ein bisschen viel für mich.«

Er nickte, hielt mir die Hand hin. »Auf Wiedersehen, mein Kind.«

»Wiedersehen, Papa.« Plötzlich standen meine Augen unter Wasser. Ätzend fand ich das.

Es ging wieder los, das merkte ich noch auf dem Weg nach Hause. Ich vertraute meinem Gleichgewichtssinn nicht mehr und befürchtete hintenüberzukippen, mit dem Hinterkopf auf dem Erdboden aufzuschlagen. Die beschämende Vorstellung, ich könnte in dieser Situation, die meine grundlegende Unzulänglichkeit preisgab, gesehen werden.

»Ruhig!«, mahnte ich mich.

Meine Lungen erwiesen sich als unfähig, die Luft aufzunehmen. Ich spürte, wie mein Herz in unregelmäßigen Abständen einen Schlag ausließ und der Blutdruck abflaute. Ein Schwindelgefühl ergriff mich. Ich wischte mir über das Gesicht und betrachtete irritiert die fremde Hand, die an meinem Körper hing.

»Du kennst das«, sagte ich mir.

Ich würde nun gemächlich nach Hause gehen. Wenn alles nicht half, würde ich den Wein entkorken, der zur Sicherheit in der Vorratskammer stand. Seit mehr als einem Jahrzehnt war ich ohne das ausgekommen – verdammte Scheiße!

In der Wohnung angekommen, riss ich die Fenster auf, legte mich dann auf das Sofa, um mir das Atmen zu erleichtern. Was war schon passiert? Ich hatte immer gewusst, dass ich nicht zu ihnen gehörte. Nun war es gewiss: Ich war adoptiert worden, und die Adoptivmutter hatte mich gehasst.

Ich sagte es laut, weil es wahr war. Mir wurde klar, dass ich mich immer auf mich hatte verlassen können. Ich hatte es geahnt und recht behalten.

Salziges Wasser verätzte mir die Augen. Damit, das wusste ich, war der Anfall überstanden. Kein Alkohol, auch diesmal nicht, ich hatte es geschafft.

»Besser Tränen aus den Augen als Angstschweiß aus den Poren«, überlegte ich und ging in die Küche, um meinen Tränendrüsen Nachschub zu liefern. Mir war noch sehr zittrig zumute.

»Hurra, ich lebe noch!«

Ich stand da, ein gefülltes Glas in der Rechten. Ich machte mir klar, dass Samstag war, siebzehn Uhr. Ich hatte Feierabend, und ich war frei.

Es schien wichtig, etwas zu tun, das mich auf andere Gedanken brachte, und so entschied ich, meine Mails zu checken: Wer dem Tod entronnen ist, kann eine Enttäuschung in der Liebe verkraften.

In meinem rückenfreundlichen grauen Schreibtischstuhl kniend fuhr ich den PC hoch. Ich loggte mich mit dem Kennwort »Monika« ein, das nun schon mehrere Monate alt war und längst nicht mehr wahr. Ich sollte es ändern.

Ich drückte auf ›Posteingang‹.

Sechs Mails von Amalia – eine Mail für jeden Tag, an dem wir uns nicht gesehen hatten. Ich öffnete die Jüngste der Nachrichten. Sie war kurz: »Du antwortest mir nicht, und ich weiß nicht warum. Heute ist Samstag, wir haben uns vor acht Tagen kennengelernt. Ich werde in die Bar gehen, in der ich dich zum ersten Mal gesehen habe, und an dich denken. Amalia.«

Eine ganze Weile verharrte ich, auf den Bildschirm starrend, bevor ich den Computer herunterfuhr. Ich steckte eine Zahnbürste und Unterwäsche ein, ging zum Bahnhof, setzte mich an den Bahnsteig und wartete auf den nächsten Zug.

Spät in der Sonntagnacht kehrte ich zurück.

Den ganzen Montag blieb ich erfüllt von der Zeit mit Amalia. Ihr ungläubiges Gesicht, als ich in der Bar aufgetaucht war. Sie hatte keine Zeit mit Vorwürfen verschwendet, war auf mich zugekommen und hatte mich in die Arme genommen. Danach hatten wir Stunden miteinander getanzt, und ich war in ihrer Nähe, der Musik und unseren gemeinsamen Bewegungen versunken. Viel später hatten wir geredet. Ich bin sonst nicht der mitteilsame Typ – nur bei Silvia quatsche ich mich manchmal aus, weil wir uns nun mal so ewig kennen –, aber da war wieder das Interesse in Amalias Augen gewesen, zumindest etwas, das dem ähnlich sah. Vielleicht geht das doch zusammen – Sex und Anteilnahme. Vielleicht fängt etwas Neues an, hatte ich gedacht.

Am Montag träumte ich noch vom Meer, dem Salz und den Wellen. Mit den Kindern arbeitete ich an Klangbildern. In der Pause setzte ich mich ins Lehrerzimmer und lächelte. »Hast du Monika getroffen?«, fragte Silvia. Es dauerte eine Weile, bis ich verstand, was sie meinte.

Ausgerechnet während der Chorprobe, auf meiner Insel im wöchentlichen Alltag, fiel ich aus den Wolken.

»Wahre den Abstand«, war in meinem gesamten Erwachsenenleben die Maxime für mein Verhalten in Süderlenau gewesen. Sieht man von Silvia ab, hatte ich mich weitgehend daran gehalten. Ich hätte dabei bleiben sollen, insbesondere als Chorleiterin!

Nora war mir sofort ins Auge, mehr noch ins Ohr gefallen, als sie kurz nach Neujahr zum ersten Mal an der Chorprobe teilnahm. Üblicherweise gehörten ausschließlich Schüler und Schülerinnen, deren Angehörige, Freundinnen und Freunde sowie Ehemalige zum Chor. Nora war nichts davon. Sie war Journalistin und in Süderlenau eine Persönlichkeit, weil sie die Mehrzahl der Artikel für unsere Lokalzeitung verfasste. Zunächst hatte ich den Verdacht gehegt, sie würde Undercover für einen Bericht über den Chor recherchieren, aber es war nicht so. Sie war gekommen, um zu singen, und das tat sie! Meist sang sie mit geschlossenen Augen. Ich musste an mich halten, den restlichen Chor nicht zum Schweigen aufzufordern, so sehr genoss ich das Schwingen ihrer vollen Altstimme.

Es erleichterte mich, als sie nach einigen Wochen Patrick im Schlepptau hatte: Monika hatte zu dieser Zeit bereits den Kontakt zu mir abgebrochen, und von Amalia war noch nichts zu sehen. Ich flottierte frei und hatte mich an einigen Abenden bereits ertappt, mir Nora in mein Bett zu fantasieren. Eine Liebe aus Süderlenau, das hätte ich weder für möglich gehalten noch erlaubt. Patrick brachte mich, schmerzhaft zwar, zurück auf das Kopfsteinpflaster meiner Stadt. Es war mehr als unfair, dass ich es ihm übelnahm.

Er hingegen nahm wie selbstverständlich teil an der innigen Beziehung, die sich zwischen Nora und mir entwickelt hatte. Da sie ihn nicht in die Schranken wies, stand ich dem hilflos gegenüber.

So war es dazu gekommen, dass sich inmitten meines Schulchores ein Stück Privatleben eingenistet hatte. Nora und Patrick fühlten sich dort sozusagen zu Hause, und ich genoss die Nähe zu Nora zu sehr, um dem Einhalt zu gebieten.

»Nora wünscht sich ein Kind, aber nicht von mir«, eröffnete Patrick an diesem Abend.

»Patrick will seine Tochter mit organisierten Lebensmitteln aus dem Container ernähren«, erläuterte Nora.

Patrick besuchte nach Einbruch der Dunkelheit mehrmals in der Woche die Höfe unserer drei Supermärkte. Dort standen große Müllcontainer, in denen obenauf die weggeworfenen Lebensmittel des Tages lagen. Vertraute ich seinen Berichten, und Patrick gab keinerlei Anlass, an seiner Glaubwürdigkeit zu zweifeln, so kam er meist mit guter Ausbeute zurück in seinen Bauwagen: Obst und Gemüse mit einigen angefaulten Stellen, die er wegschnitt, Käse, Milch und Butter, denen noch einige Tage Haltbarkeit aufgedruckt waren. Häufig hielten sie eine ganze Weile über das Verfallsdatum hinaus.

Nora hatte einen umfangreichen Hintergrundartikel über das Containern in Süderlenau veröffentlicht:

In den Lebensmittelmärkten unserer Stadt werden täglich Massen guter Nahrungsmittel vernichtet, während zahlreiche Menschen, gerade auch Familien mit Kindern, aus finanziellen Gründen gezwungen sind, am Essen zu sparen. Die Alternative, ältere Waren als Sonderangebot anzubieten, lehnen die Geschäftsführungen in trautem Einvernehmen ab: »Das verdirbt uns die Preise.«

So hat das ›Containern‹, das nächtliche Durchsuchen der großen Müllcontainer in den Höfen der Märkte, zur Rettung von Lebensmitteln in Süderlenau Einzug gefunden. Für die Leitungen der Supermarktketten ist die Ent-

wendung weggeworfener Ware aus dem Müll allerdings nichts anderes als Diebstahl. Um die Diebe zu entmutigen, wurden die Angestellten der Märkte in Süderlenau beauftragt, die Verpackungen zu zerstören, mit dem Ziel, die Waren unbrauchbar zu machen. So unterwirft sich auch Süderlenau der absurden Logik der Profitmaximierung.

»Ich wurde dazu erzogen, Lebensmittel mit Achtung zu behandeln«, erklärt der junge Mann, dem ich während meiner nächtlichen Recherchen an einem Container begegne. »Es ist moralisch nicht vertretbar, gutes Essen im Müll verkommen zu lassen. Das Leid der Tiere, das bei der Produktion vieler Lebensmittel verursacht wird, ist nur ein Grund von vielen, warum ich mich entschieden habe, der Respektlosigkeit gegenüber dem Essen entgegenzuwirken.« Eine Aussage, die nachdenklich stimmt …

Mich hatte ein Glücksgefühl ergriffen, als ich den Artikel las, eine Tür öffnete sich mir, eine Möglichkeit der Zugehörigkeit: wir vom Rande der Gesellschaft. Ich begegnete in dem Geschriebenen einem Menschen, der aus dem Alltäglichen geworfen war so wie ich, wenn auch auf andere Weise, und der einen gangbaren Weg für sich suchte.

»Ein Kinderwunsch ändert die Sicht auf die Dinge grundlegend«, stellte Patrick fest.

Nora konterte: »Ein Vater ist etwas anderes als ein Liebhaber. Ein Vater sollte Verantwortung übernehmen können.«

»Du wirfst mir Mangel an Verantwortung vor! Du weißt sehr genau, dass ich den bequemen Job bei Novacrem aus Verantwortungsbewusstsein aufgegeben habe.«

Sie antwortete nicht, knibbelte an ihren Fingernägeln.

»›Hast du Ärger, hast du Wut, nimm *Agrostop* – dann geht's dir gut!‹ – Hättste jetzt gern so einen Typen, der dumme Werbesprüche textet, den Leuten Pillen unterjubelt, die sie nicht brauchen, im Anzug rumläuft und ein dickes Portemonnaie in der Hose hat?«

»Kmh!«, machte sie. »Du könntest etwas anderes arbeiten!«

»Das tue ich! Ich halte unseren Park sauber, und ich gestalte Skulpturen aus Wohlstandsschrott. Sie sind in meinem Kleingarten zu besichtigen. Sie haben dir gefallen! Jetzt ist das wohl alles nicht mehr gut genug?«

»Es reicht eben nicht, um eine Familie zu ernähren.«

»Das muss es nicht, oder hattest du geplant, deine Arbeit aufzugeben? Dann natürlich ...«

Er sah sie an.

»Ich denke nicht daran«, fuhr sie auf. »Ich kann mir keine Babypause leisten. Ich krieg' als Journalistin hinterher doch kein Bein mehr rein.«

»Gut, dass du mich hast! Ich kümmere mich gern um unser Kind.«

»Wenn ich mich auf dich verlassen kann ...«, murmelte sie.

»Sie hält mich für einen Hallodri!«, rief Patrick aus. »Ich fasse es nicht.«

Es war nun wirklich an der Zeit, mit dem Singen anzufangen.

»Bildet einen großen Kreis«, forderte ich die Gruppe mit lauter Stimme auf. »Reckt und streckt euch. Wenn ein Gähnen kommt, lasst es zu.«

Die Auseinandersetzung zwischen den beiden hatte mir die Freude an Amalia geraubt.

Das zwischen Patrick und Nora war mehr als Gefühlsüberschwang und Sinnenfreude. Ob jemals jemand so einen Streit mit mir austragen würde? Das Wochenende in meinem Herzen schrumpelte wie eine Paprika in der Sonne.

Ich saß mit Silvia am Bahnhofsvorplatz von Süderlenau auf der Terrasse unseres Stammcafés ATEMPAUSE, als das Taxi vorfuhr.

»Margot Krause«, sagte Silvia und sah auf die Uhr »11.23 Uhr. Sie hat sich gemerkt, dass du um diese Zeit hier bist. Sie kommt zu dir.«

»Ach, Quatsch.«

Natürlich sollte Silvia recht behalten: Die Seitentür des Wagens öffnete sich, ein Paar kurzer Unterschenkel schoben sich seitwärts aus der Tür, hingen dort, um gleich darauf in ruckartige Schwingungen zu geraten. Ich ahnte, dass Margot sich ein ums andere Mal vergeblich mit dem rechten Arm vom Autositz abdrückte, während die linke Hand die Kante des Türrahmens umklammerte und zog. Mein Massetermuskel zuckte. Silvia strich über meine Hand, die sich um die Tischkante gekrallt hatte.

»Sie würde nicht wollen, dass du ihr hilfst.«

In gewisser Weise liebte ich Silvia.

»Jetzt kommt sie.«

Silvia kiekste vor Aufregung. Gut so. Wenn die Stimme nicht wäre, ich hätte sicher in all den Jahren Begehren entwickelt und sie in der Folge verloren.

»Guten Morgen, die Damen.«

Margot war im Abstand von zwei Metern vor unserem Tisch zum Stehen gekommen. Sie stützte sich leicht auf einen schlichten Spazierstock mit Knauf, trug einen dunklen Nadelstreifenanzug und einen flachen Zylinder auf dem kurzgeschnittenen weißen Haar. Wenn sie geraucht hätte, wäre es eine Zigarette mit langer Spitze gewesen, doch Margot rauchte nicht.

»Guten Morgen«, schrillte Silvia, derweil ich aufsprang, um einen weiteren Stuhl an den Tisch zu stellen.

»Setzen Sie sich zu uns«, bat ich.

»Darum bin ich hier.«

Ich blieb neben dem Stuhl stehen. Da er nun einmal zur Verfügung stand, ergriff sie im Hinsetzen meinen Arm, um sich zu stützen. Sie lächelte zu mir hoch.

»Es ist lange her, nicht wahr? Acht Jahre sicherlich. Es gab viel zu tun ... Doch da die Lebenszeit absehbar wird, frage ich mich des Öfteren, was wirklich noch getan werden müsste. Da kam ich nach Süderlenau.«

Sie nahm mich in ihre Augen. Ich hätte mich ewig darin wiegen lassen können.

»Störe ich?« Silvia hatte sich schon halb erhoben.

Nur wenn du in dieser Tonhöhe sprichst, dachte ich und hoffte, sie würde sich bald beruhigen.

»Bitte bleib!« Der bloße Gedanke, mit Margot allein zu sein, versetzte mich in Panik.

Margot hatte sich von unserem Zwischenspiel nicht aus dem Fahrwasser bringen lassen: »Würden Sie Ihr Leben ändern, wenn Ihre finanzielle Situation Sie nicht zur Arbeit nötigen würde?«

»Das haben Sie schön ausgedrückt.«

Die Haarzellen in meinem Innenohr rekelten sich wohlig: Silvia hatte in ihre Stimmlage zurückgefunden.

»Wie lautet die Antwort?«

»Ich würde ...« Silvias Kehlkopf begann zu hüpfen. Sie brach ab.

Michael, dachte ich. Es musste etwas mit Michael zu tun haben.

Silvia sah Margot in die Augen: »Bei mir liegen die Dinge anders. Ich habe mir eine Verantwortung aufgebürdet, die ich nicht abgeben kann.«

Die alte Dame nickte. »Dann ist es schwer. Ich habe solche Rücksichten nicht genommen. Meine finanzielle Unabhängigkeit war mir das Höchste. Wer weiß, ob mir das verziehen wird.«

Sie wandte sich mir zu: »Und wie ist es bei Ihnen?«

Finanzielle Freiheit! Einfach leben können! Mein Atem bewegte sich schwerelos zwischen Lungenflügeln und Welt. Kein Asthma nirgends.

»Ich würde mich am frühen Morgen an mein Klavier setzen. Später würde ich meine Musik auf einen Spaziergang nehmen. Ich würde Bilder zu den Tönen finden und Töne zu den Bildern. Ich würde mich auf die Suche nach Menschen machen, die mich verstehen. Vielleicht würde ich sie finden. Wir würden aus Bildern und Tönen Geschichten erschaffen, eine Oper vielleicht. Ich weiß es nicht. Ich wäre glücklich, denke ich.«

»Dann macht es Sinn«, stellte sie fest.

Kraftvoll senkte sie ihren Stock in das Pflaster und stemmte sich hoch.

»Ich wünsche den Damen einen schönen Tag. Wir sehen uns noch.«

Sie wankte leicht, kehrte uns dann den Rücken zu, ging mit kleinen Schritten und sehr aufrecht zu der Taxe, die noch dort stand und auf sie wartete.

»Rätselhaft«, fasste ich zusammen.

Silvia hatte ihre Augen zu Schlitzen verengt, während ihre Blicke der alten Dame folgten.

»Zumindest damit hat Britta richtig gelegen. Sie plant etwas.«

Ich sah auf die Uhr und stöhnte leise. Silvias und meine Seele trafen sich leidvoll in unserem Blick.

»Nützt alles nichts!«

»Zahlen, bitte!«

Am Montag fing Silvia mich noch vor Unterrichtsbeginn am Schultor ab: Sie wolle mit mir auf Forschungsreise gehen – nach Dresden.

Ich hatte das Wochenende bei Amalia verbracht und war noch ganz aus der Fassung. Zwar hatte ich nach dem Streit zwischen Nora und Patrick erkannt, dass unsere Gefühle füreinander von geringem Wert waren, dennoch genoss ich sie.

Es dauerte also, bis ich begriff, was Silvia vorschlug:

»Du willst Michael ein ganzes Wochenende verlassen?«

»Ich bitte dich, Katharina! Er ist ein erwachsener Mann.«

Selbstverständlich war das keine Neuigkeit für mich – überraschend war, dass Silvia davon Kenntnis genommen hatte.

Sie winkte ab.

»Margot hat mich beeindruckt! – ›Wenn Ihre finanzielle Situation Sie nicht zur Arbeit nötigen würde ...‹ Arbeit als Antwort auf einen Notzustand! Im Umkehrschluss: Wenn es keine Not abzuwenden gilt, ist Arbeit nicht not-wendig. Hast du das jemals bedacht, Katharina? Wir haben keine Not in Deutschland. Wir bräuchten Jahre, um uns durch Grieß- und Puddingpulvervorräte zu essen. Die gebratenen Hühner liegen bei Rewe im Tiefkühlfach.«

Ich verzog den Mund.

»Entschuldige!« Silvia wusste um mein Problem mit den Hühnern. »Wir brauchen die Massentierhaltung nicht, aber das ist nicht alles: Millionen Arbeitslose beweisen, dass wir auch die Massenarbeit nicht mehr brauchen.«

Triumphierend sah sie mich an.

»Hmh«, machte ich.

Silvia ließ das kalt.

»Was Margot sagt, ist die kulturelle Revolution des einundzwanzigsten Jahrhunderts. Wir hatten die industrielle Revolution, die bürgerliche Revolution, einen gescheiterten Arbeiter- und Bauernstaat und seinen Zusammenbruch. Jetzt wird der Überbau die Basis revolutionieren!«

»Hmh.«

Wir gingen schweigend die Treppe hinauf zum Lehrerzimmer.

Freundschaft heißt, auch in schweren Zeiten füreinander da zu sein, rief ich mir ins Gedächtnis und entschied, Silvia ein duldsames Ohr zu schenken.

Wir stellten unsere Taschen ab, setzten uns an den Tisch, an dem Silvia ihren Stammplatz behauptete.

»Es ist noch unausgegoren«, hob sie tief und langsam an, bemüht, in mein Gehör vorzudringen. Eine Strähne hatte sich aus ihrem Dutt gelöst. Ich streckte die Hand aus und strich sie ihr aus dem Gesicht.

»Erst mit dem Gedanken, dass es anders sein könnte, wurde mir bewusst, dass wir Schildbürger sind. In Schilda vergaßen die Bürger, Fenster in das Rathaus zu mauern und zogen aus, das Sonnenlicht in Körben einzufangen. Eine gigantische Arbeitsbeschaffungsmaßnahme.«

Pause.

Silvia: »Arbeitsbeschaffungsmaßnahme – allein das Wort ist ein Absurdum.«

Pause.

Noch mal Silvia: »In Deutschland haben wir uns einen Menschheitstraum erfüllen können. Wir haben Heinzelmännchen.«

»Hmh.«

Wieder Silvia: »Die schwerste, die langweiligste, die meiste Arbeit erledigen Maschinen für uns. Sie sorgen dafür, dass wir Muße haben könnten – Zeit, um wahre Menschen zu werden. Wir könnten all das tun, wofür kein Geld vorhanden ist: die Bildung ausbauen, das Kulturleben entwickeln, an der Politik teilhaben, uns um die Hilfsbedürftigen kümmern.

Im antiken Athen hatten nur wenige das Privileg freier Zeit – Zeit, um die Kultur und Politik der Stadt zu gestalten. Für diese wenigen bestand Demokratie, während Sklaven und Heloten für die Existenzgrundlage sorgten.

Im heutigen Deutschland wäre es möglich, jedermensch für die politische Teilhabe freizustellen – unsere Heloten sind Maschinen. Wie absurd ist es, ›Arbeitsplätze‹ zu fordern! Wir haben uns aus einem Glück ein Unglück erschaffen.«

»Stimmt.«

Silvia nickte. »Das hat es in der Geschichte immer wieder gegeben: Die Menschheit hinkt sich selbst hinterher.«

Pause.

Silvia: »Ich stecke bis zum Hals in diesem Schlamassel. ›Der Mensch ist zur Arbeit geboren wie der Vogel zum Fliegen.‹ Das hat Luther gesagt. Ich merke erst jetzt, wie sehr ich diesem Wahn verfallen bin. Es hat auch mit Michael zu tun. Ich muss darüber nachdenken, wie alles zusammenhängt. Darum will ich nach Dresden.«

»Ach so?«

»In Dresden gibt es ein Hygiene-Museum und darin eine herausragende Ausstellung, die sich mit der Bedeutung und den Perspektiven von Arbeit beschäftigt. Da muss ich hin. Also: Gehst du mit auf Entdeckungstour?«

»Selbstverständlich«, sagte ich.

Meine Wohnung zeugte von Ruhelosigkeit und fehlender Zeit für die Grundfesten meines Daseins. Auf dem Klavierdeckel lag meine Komposition auf die Arbeit. Ich hatte sie am Freitag versuchsweise im Chor singen lassen und mir danach einige Änderungen vorgenommen, aber das ganze Wochenende hatte ich nicht daran gerührt. Stattdessen hatte ich mit Amalia im Bett gelegen und von ewiger Liebe, Heirat und Kindern geträumt. So was hat nichts zu bedeuten bei mir. Ich denke immer gleich ans Heiraten, das erregt mich. Den meisten Frauen, mit denen ich geschlafen habe, ist das auf die Nerven gegangen. Sie haben schlechte Laune bekommen oder sie haben gelacht. Amalia nicht. Sie hatte mich aus tiefblauen Augen mit weitgeöffneten Pupillen angesehen: »Ich kann das nicht ernst nehmen, so schnell«, hatte sie freundlich gesagt, »aber es rührt mich – sehr sogar.«

Ich griff die Notierung und blätterte darin herum, legte sie jedoch zurück und begab mich mit dem Vorhaben in die Küche, mir zunächst einen Kaffee zu kochen. Sämtliche Becher lagen verschmutzt in der Spüle. Ich kramte den gelben hervor und wusch ihn mit Leitungswasser aus. Ich trank so gern aus dem gelben. Heidrun hatte ihn mir geschenkt, bevor sie meine Schwägerin wurde.

Mit dem Kaffee in der Hand trat ich zurück in den Flur, verbannte Abwasch, Essensreste, Krümel auf dem Fußboden, Soßenflecken auf dem Herd und das Chaos der Welt sorgsam hinter die Küchentür.

Es half nichts. Selbst der Kaffee war vergebens. Amalia hielt mich von der Arbeit ab. An der Stelle imaginärer Musik rüttelte die Erinnerung an ihre Stimme, zärtlich Liebkosungen raunend, an meinen Gehörknöchelchen.

Wenn ich am Wochenende mit Silvia nach Dresden fuhr, würde ich keine Zeit haben, Amalia zu besuchen. Obwohl wir auseinandergegangen waren, ohne ein nächstes Treffen zu vereinbaren, war ich davon ausgegangen, sie am Freitagabend wiederzusehen und unterstellte ihr die gleiche unausgesprochene Gewissheit.

Mürrisch warf ich einen Blick auf die Noten.

Ich hatte noch nie einen längeren Ausflug mit Silvia unternommen. Michael hatte es nicht zugelassen.

Ich spürte Groll in mir aufsteigen: Amalia kannte mich gerade mal zwei Wochen und begann schon, Ansprüche zu stellen. Wer war sie denn im Vergleich zu Silvia, die seit Jahrzehnten zu mir hielt. Selbstverständlich würde ich nach Dresden fahren, wie ich es versprochen hatte.

Um die Saiten gleich ordentlich zu spannen, entschied ich, ohne weiteren Verzug, den Stand der Dinge klarzustellen:

Liebe Amalia,
ich würde dich gern bald wiedersehen, habe jedoch meiner Freundin Silvia versprochen, das Wochenende mit ihr in Dresden zu verbringen.
Ich muss ständig an dich denken.
Katharina.

Grimmig drückte ich auf ›Senden‹.

So weit hatte sie mich gebracht: Ich bedauerte beinahe, mit Silvia wegfahren zu können.

Wenig später meldete sich das Telefon. Ich grinste. Seit Heidruns Anruf elf Tage zuvor, hatte es kein Klingelzeichen von sich gegeben. Es musste Amalia sein, die mir nun schief ins Ohr singen würde. Vergebens! Mein Entschluss war gefasst!

Es war Nora. »Ich rufe aus der Redaktion an.«

»Hmh.«

Nora verstummte. Sensible Menschen reagieren so, wenn sie mich am Telefon haben.

»Du telefonierst wohl nicht gern. Können wir uns treffen?«

»Eigentlich wollte ich …« Ich konnte mich ohnehin nicht konzentrieren. »Gern! In der ATEMPAUSE?«

»Einverstanden. – Katharina?«

»Ja.«

»Es ist ein Arbeitstreffen.«

Als ich aufgelegt hatte, überlegte ich, ob das Arbeitstreffen womöglich ihrer Chorstimme gelten sollte. Ich hätte ihr vorschlagen sollen, sich bei mir und dem Klavier zu treffen. Nora hatte am Freitag den ›Herzschlag‹ in meiner Ode an die Arbeit gesungen. Mit dem ›Herzschlag‹ begann das Musikstück, ruhig, gleichmäßig, bis schräg dazu in schnellem Tempo die Arbeitsmaschine einsetzte. Das war rhythmisch eine große Herausforderung für die Sängerinnen des Herzschlags. Nora hatte Schwierigkeiten gehabt, ihre Stimme zu halten. Geradezu erleichtert glitt sie in die Extrasystolen ab, mit denen sich am Ende die Spannung zwischen den Ebenen auflöste. Ich hätte gern mit ihr daran gearbeitet.

Allerdings würde Nora eine Gesangsprobe wohl nicht als Arbeitstreffen bezeichnen.

Nachdem Silvia das Thema aufgebracht hatte, beschäftigte mich das: Wieso war die Musik für mich Arbeit und für Nora nicht? Weil es die Aufgabe ist, die das Leben mir mitgegeben hat, sagte ich mir, die einzige wirkliche Aufgabe.

Nora saß bereits draußen an einem der weißen Metalltische im Schatten der Linde, wo sie über einem Blatt Papier brütete. Sie bemerkte mich erst, als ich den Stuhl neben ihr zurückzog.

»Hallo! Danke, dass du gekommen bist.«

Sie wirkte ungeduldig, wartete kaum, bis ich mich gesetzt hatte, um mir ohne weiteres Geplänkel das Papier zuzuschieben.

»Das kam heute in die Redaktion geflattert.«

»Eine Milliarde Euro«, las ich die fett hervorgehobenen Worte am Ende des ersten Drittel des Textes und scrollte mit den Augen zum unteren Rand der Seite: unterschrieben hatte Margot Krause.

»Das ist nicht neu«, erklärte ich, »sie spendet gern für Süderlenau.«

Nora lachte.

»Katharina, du unterschätzt die Summe.«

Tatsächlich übersteigen bereits sechsstellige Geldbeträge mein Vorstellungsvermögen, ganz zu schweigen von einer Milliarde. Ich half mir, indem ich in Häuser umrechnete. Zehntausend Häuser konnte sie für die Milliarde bekommen. Das war allerdings mehr als ein Musikpavillon! Damit konnte sie ganz Süderlenau kaufen – einschließlich Heringsort –, sofern Süderlenau käuflich wäre.

»Oh.« Ich warf einen zweiten Blick auf das Schreiben:

MIT DER BITTE UM VERÖFFENTLICHUNG

Liebe Bürgerinnen und Bürger von Süderlenau,

da ich mich eng mit dieser Stadt verbunden fühle, in der ich geboren wurde und aufgewachsen bin, möchte ich das Gemeinwesen unterstützen mit einer Summe von

1.000.000.000 €

in Worten: ***einer Milliarde Euro***

Ich bitte Sie, noch in dieser Woche Vorschläge für eine sinnvolle Verwendung des Geldes an die Stadtverwaltung zu schicken.
Am darauffolgenden Freitag werde ich mich mit der Stadtregierung über diese Frage beraten und eine Entscheidung fällen.

Margot Krause

»Morgen kommt die Nachricht raus.«

Nora nahm einen Schluck Selters.

»Und dann geht es rund in Süderlenau.«

Ich nickte.

»Aber letzten Endes entscheidet sie.«

»Die Macht des Geldes!«

»Margot ist nicht Britta«, wiederholte ich Silvias Worte.

Nora lachte, nicht volltönend wie gewöhnlich, da sie ihr Lachen schon im Hals von ihrem Körper trennte, so dass Brust- und Bauchraum nicht mitschwingen konnten. Auch ich wurde von diesem Lachen abgeschnitten. Als ich in ihre klaren Augen sah, fühlte ich mich darin bestätigt. Ich begann zu begreifen, was ein Arbeitstreffen war.

Nora holte aus: »Verglichen mit Margot ist Britta ein Nichts. Ich habe bereits mit der Recherche begonnen. Margot regiert ein Imperium! Sie hat in den fünfziger Jahren den ersten Sexshop in Deutschland eröffnet und beherrscht bis heute den Markt.«

»Du recherchierst über Margot?«

Nora lachte schon wieder.

»Das ist mein Beruf. Die Bürger haben ein Recht zu erfahren, wer das Schicksal ihrer Stadt in die Hände nimmt und warum!«

»Es ist ihre Heimatstadt!«

»Margot hat keinen Grund, Süderlenau dankbar zu sein.«

»Bindung ist nicht Dankbarkeit!«, begehrte ich auf.

Endlich schwieg Nora.

»Gebunden in Liebe oder in Hass«, resümierte sie schließlich. »Was bewegt sie? Warum lässt Margot diesen Ort nicht los? Worin besteht diese seltsame Anhänglichkeit an Süderlenau? Von ihrer Familie lebt niemand mehr im Ort, Freunde hat sie hier nicht gehabt – nur Männer, für die sie sich prostituierte.«

Ich schluckte.

»Das ist ein offenes Geheimnis, Katharina«, schnappte Nora kurz. »Jeder weiß es. Was also ist es, das Margot an diese Stadt fesselt?«

Ich begriff, dass ich eine erfolgversprechende Informationsquelle zu sein schien.

»Ich weiß nichts über Margot! Frag Burkhardt, den Rektor meiner Schule – er hat Informationen über sie gesammelt.«

Sie strahlte mich an: »Danke! Weißt du, das Ganze ist eine irre Story! Eine schillernde Person wie Margot, eine Summe von einer Milliarde, das unbedeutende Städtchen Süderlenau ... Das könnte mein Durchbruch als Journalistin werden – meine Chance!«

»Vielleicht solltest du Margot selbst nach ihren Beweggründen fragen. Was sie nicht sagen will, geht letztlich niemanden etwas an.«

Nora lachte ihr neues Lachen.

»Das sehe ich anders! Ich werde sie fragen, und ich werde recherchieren. Was von allgemeinem Interesse ist, werde ich veröffentlichen, ganz gleich, ob Frau Krause das genehm ist oder nicht. Das ist der Preis des Rampenlichts.«

»Lass Margot in Ruhe!«, fuhr ich sie an. »Ich will nicht, dass du sie vor allen bloßstellst!«

Nora zuckte zusammen. Der Glanz wich aus ihren Augen. Sie schluckte.

»Tut mir leid, Katharina. Ich weiß, wie sehr du ihr verpflichtet bist. Versteh bitte, wenn ich trotzdem nachforschen muss.«

Sie straffte sich.

»Ich wäre schön blöd, die fettesten Brocken der Geschichte der Konkurrenz zu überlassen, wenn ich endlich einmal an der Quelle sitze. So eine Chance bekomme ich in diesem Kaff nicht wieder. Ich habe es satt, moralisch korrekt in der Lokalpresse festzuhängen. Du wirst das nicht verstehen, aber mir bedeutet es etwas, wenn meine Artikel gelesen werden, wenn man über sie spricht und über mich. Seit Jahren hänge ich in der Warteschleife. Ich will endlich weiterkommen mit meiner Karriere. So ist das.«

Sie zog ihr Portemonnaie hervor.

»Bleibst du noch?«

Ich nickte.

»Dann bestelle ich dir einen Milchkaffee, richtig? Geht auf mich. War schließlich ein Arbeitstreffen.«

Sie lächelte traurig. Dann ging sie.

Die Sonne schien trotzdem. Ein Milchkaffee senkte sich vor mir auf den Tisch. Ich betrachtete die Schaumkrone. Sie war beachtlich, hoch und weiß, und, das konnte ich bereits ohne den Einsatz meiner Zunge schmecken, die Konsistenz war, wie ich sie liebte, mit feinen Luftbläschen, kompakter als gewöhnlich in Cafés. Es dauerte eine Weile, bis ich realisierte, dass ein Mensch mir das Getränk gebracht haben musste. Als ich mich umdrehte, war es längst zu spät zum Lächeln.

Ich sagte mir, dass ich Nora nun besser kannte und sonst nichts weiter passiert war. Zudem hatte ich eine neue Spannungsdimension für das Musikstück entdeckt. Es war nicht nur der Rhythmus, es war der Klang. Das atemlose Lachen des Erfolgs und der volle Klang eines offenen Herzens. Das war schon angelegt in dem Stück, aber ich würde es stärker akzentuieren.

Ich überlegte, wie ich Worte in die Melodie einweben könnte, die über dem Rhythmus schwebte. Nicht in den Rhythmus selbst, das würde zuviel. Mir ging Heinrich Heine durch den Kopf. ›Wir weben, wir weben‹. Starke Worte: Arbeit – ›dreifacher Fluch‹, Arbeit – ›ein Leichentuch‹.

Ich würde Silvia um Hilfe bitten für die Worte. Jetzt wollte ich nach Hause – sofort – arbeiten.

Ich hatte den Schaum vom Kaffee gelöffelt, jetzt trank ich in schnellen Zügen den Becher leer. Den Keks steckte ich ein für unterwegs. Da Nora schon gezahlt hatte, erhob ich mich umstandslos. Der junge Mann, der an diesem Tag bediente, näherte sich, um den Tisch abzuräumen. Er lächelte mir mit seinem ganzen Körper in die Augen: »Ich wünsche Ihnen ein schönes Wochenende.« Mir tat das gut. Die Kälte, die sich nach der Begegnung mit Nora auf meiner Haut abgelagert hatte, verdampfte unter den freundlichen Worten. Ich lächelte zurück, ein Mensch unter Menschen. Es musste echtes Interesse an den Gästen sein, Freude am Job, um so lächeln zu können. Arbeit von Herzen. Das gab es.

Noch auf dem Weg schleifte ich an den Klangqualitäten.

Ich hielt am Kehrwieder, einer kleinen Straße auf einer Anhöhe mit Blick auf die Bucht, wo ich mir Zeit nahm, mich in eine der Frauen zu verwandeln, die hier gestanden haben mochten, um den Fischern zu winken, unter denen ihre Söhne waren, der Ehemann oder der Schatz. Die See hatte Rache geschworen für die Fische, die sie ihr raubten. Oft schon hatte sie Menschenleben vernichtet und die Daheimgebliebenen ins Unglück gestürzt. Eines Tages, das war gewiss, würde sie es wieder tun. Sie würde sich aufbäumen, um Boote und Männer zu verschlingen, und es würde kein Entrinnen geben. Daran dachten sie bei jedem Abschied im Morgengrauen am Kehrwieder. Man konnte nicht wissen, wann es geschehen sollte und wer dann zu trauern hätte – jede von ihnen konnte es treffen, noch an diesem Tag.

›Kehr wieder!‹

Es gab keine Straße in Süderlenau, die ›Fahr nicht!‹ hieß oder ›Bleib bei mir!‹.

Das Fischen hatte einen Sinn, der das Risiko selbst des Todes rechtfertigte, einen Sinn von einer Qualität, die meiner Musik fehlte, die den Artikeln von Nora fehlte und, so befürchtete ich, um ein Vielfaches den Artikeln fehlen würde, die sie nun zu schreiben gedachte. Es war der Sinn von Nahrung, die man zu sich nahm, um nicht zu hungern, mit der einer die Familie versorgte oder sogar das Dorf. Arbeit, die ein Mensch als Brücke zwischen sich und die anderen spannte und die ihn unverzichtbar mit den anderen verband.

Das Existentielle der Arbeit, ihre Not-wendigkeit, wie Silvia es nannte, war uns abhanden gekommen, nicht aber die Not des einzelnen Menschen, sich im Tätigsein für die Gesellschaft als bedeutsam zu erfahren, nicht der Hunger nach Anerkennung der eigenen Leistung durch die anderen.

Nora plante eine Schlammschlacht in der Zeitung für diese Anerkennung. Heidrun wütete, weil sie diese Anerkennung für ihre Hausarbeit niemals bekommen würde.

Anerkennung in der Massengesellschaft war zu Geld geronnen.

Patrick, der den Park für uns sauber hielt, bekam einen Euro in der Stunde. Meine Anerkennung hatte er – mehr und mehr.

Ich ging weiter.

Zu Hause schob ich die neuen Lehrbücher, die auf meinem Schreibtisch lagen, an die Seite und legte mir Notenpapier zurecht.

Der Einzelne und die anderen, ein Vorsänger und der Chor, so hatte man schon vor Jahrhunderten die Arbeit begleitet, auf dem Acker, im Bergwerk, auf der Galeere. Einzelstimmen, die sich heraushoben, um in der Gemeinschaft des Chores aufzugehen.

Für Stunden stampfte, ruderte, badete ich in meiner Musik.

Es war wie immer das Telefon, das mich herausriss und die Frage aufwarf, wie lange ich die Belästigung durch diese Maschine noch erdulden sollte. Womöglich war es einer, der mir etwas verkaufen wollte – die riefen doch alle naslang an. Callcenter hieß das. Patrick hatte solche Jobs abgelehnt, obwohl ihm, wie von Kathrin Kienzle zuvor angedroht, in der Folge das Arbeitslosengeld gesperrt wurde. Warum bekam der eine, der die Menschen nervte, Geld und der andere, der friedlich im Garten Skulpturen aus Wohlstandsschrott erschuf, bekam die Sperre?

Obwohl das Klingeln beharrlich anhielt, weigerte ich mich, den Hörer abzunehmen, bis mir aufging, dass ich lange keine Werbeanrufe mehr bekommen hatte. Womöglich gab es diesbezüglich eine neue Regelung, die Silvia versäumt hatte mir mitzuteilen.

Womöglich war Amalia am Telefon!

Sie war es tatsächlich. Ich telefonierte zum ersten Mal mit

ihr und lauschte ihrer Stimme, die durch den Hörer anders klang, als ich sie kannte, so dass ich eine Weile brauchte, mich darauf einzustellen und meine Gefühle für Amalia mit der neuen Stimme zu verbinden.

»Du fährst nach Dresden.«

Ich nickte, wie es schien hörbar, denn sie fuhr gleich fort: »Ich könnte mitkommen.«

Ich riss die Augen auf.

»Mitkommen!«

Es gluckste im Hörer.

»Ja, ich würde gern mitfahren – bei dir sein – und: Ich war noch nie in Dresden.«

Ich suchte nach Worten und fand immerhin eines: »Nein.«

Es gluckste wieder.

»Sehr diplomatisch! Schade zwar, aber na gut. Dann könnte ich dich vor deiner Abreise an einem Wochentag besuchen.«

Mein Mund weitete sich. So etwas war mir mein Lebtag nicht angetragen worden, und ganz klar, ich wollte es nicht. In Süderlenau besuchen! Amalia schien völlig enthemmt. Monika wäre nie auf so eine Idee verfallen.

Ich musste mir schleunigst etwas überlegen, um die Situation in den Griff zu bekommen.

»Ich könnte am Sonntag früh in Dresden aufbrechen«, bot ich an. »Dann bin ich gegen Mittag bei dir und wir haben den ganzen Nachmittag für uns.«

Stille. Die Stimme hatte sich verkrochen, lag – schmollend eventuell – irgendwo zwischen der Landeshauptstadt und Süderlenau in der Leitung zusammengerollt.

»Amalia?«

»Besser als nichts.« Da war sie wieder. »Ich hätte gern eine Nacht mit dir gehabt.«

Mir wurde komisch und heiß. Das waren die Wechseljahre, nahm ich an.

»Ich bleibe über Nacht«, beschloss ich, »aber ich muss dann am Montag sehr früh aufstehen.«

»Ich freue mich.«

Kurz darauf legte sie auf, ließ mich auf dem Boden sitzend zurück, den Hörer am Ohr, durch den ich in die Stille horchte. Ich empfand Dankbarkeit für die schnelle Zugverbindung zwischen Amalia und mir, Dankbarkeit für Novacrem. Ohne Novacrem hätte es den Eisenbahnanschluss in Süderlenau nicht gegeben, daran musste ich denken.

Viel Zeit blieb mir nicht, mich mit der Liebe zu beschäftigen, denn am folgenden Tag erschien der *Süderlenauer Bote* mit dem Wort **MILLIARDE** fettgedruckt auf dem Titelblatt. Süderlenau stand Kopf: Sondersitzungen allerorten – jeder Kleinverein arbeitete an Entwicklungsideen für Süderlenau, in denen das eigene Anliegen einen zentralen Platz einnahm. An meiner Schule fand sofort nach Unterrichtsschluss eine Gesamtkonferenz statt: Was wollen wir? In welches Programm lässt sich das gießen? Wer könnte Bündnispartner sein? Wie verleihen wir dem Ganzen Nachdruck und das in der Kürze der Zeit?

Silvia schien etwas mit der Blase zu haben, musste ständig zur Toilette. Ich wunderte mich, bis ich ihr, misstrauisch geworden, heimlich folgte und sie rauchend auf dem Hof erwischte.

»Alles überflüssig – Margot weiß längst, was sie mit der Milliarde will«, behauptete sie.

Mittwoch gab es einen Sonderteil im *Süderlenauer Boten*: »Was tun mit der Milliarde?«

Verschiedene Interessensgruppen hatten sich gefunden und warben für ihre Konzepte. Diskussionsabende und Infoveranstaltungen wurden angeboten, zu denen Margot Krause jeweils herzlich eingeladen war.

Novacrem beanspruchte eine volle Seite:

Die Milliarde sollte nicht in sozialen und kulturellen Projekten ›verpuffen‹, sondern ›nachhaltig‹ angelegt werden. Schon lange wäre der Ausbau der Verkehrsverbindungen, insbesondere für den Gütertransport vorgesehen, jedoch bisher an fehlenden Mitteln gescheitert. Da könnte die Milliarde sinnvoll eingesetzt werden.

Eine weitere drängende Aufgabe der Politik bestünde darin, die industrielle Entwicklung Süderlenaus mit Maßnahmen des Klimaschutzes zu verbinden. Der zügige Ausbau des Windkraftparkes mit Mitteln aus Margots Spende würde nicht nur die Umwelt entlasten, sondern zudem Süderlenau und sein Gewerbe mit kostengünstigem Strom versorgen.

In die gleiche Richtung ging der Vorschlag, Klimaschutzmaßnahmen für Betriebe (Wärmedämmung, Anbringen von Solarpaneelen auf dem Dach), die zu einer besseren Energieeffizienz führten, zu fördern, indem man sie mit Geld aus Margots Milliarde subventionierte. Ganz allgemein wäre es, so der Artikel, für das wirtschaftliche Wachstum Süderlenaus wünschenswert, Investitionen in die privaten Betriebe der Stadt steuerlich stärker zu begünstigen.

Damit die Wirtschaft Süderlenaus auf dem globalen Markt konkurrenzfähig blieb, wäre es unumgänglich, die Arbeitgeber von den Sozialausgaben im Niedriglohnbereich zu entlasten. Mit Mitteln aus der Milliarde könnte das veraltete System der Sozialversicherung durch eine Stiftung ersetzt werden, deren Aufgabe es wäre, unumgängliche Arztbesuche sowie Medikamente für die Bedürftigen zu finanzieren. Selbstverständlich müsste der Bedarf im Einzelfall gründlich geprüft werden.

Mit diesen Maßnahmen wäre dauerhaft gesichert, dass die Wirtschaft Süderlenaus florierte und das eingesetzte Geld zurück in unsere Stadt flösse.

»Aus dem Geldbeutel von Margot in den Geldbeutel von Britta«, spottete Silvia.

»Ist das nicht ein bisschen komplizierter?«, fragte ich vorsichtig. Die Bahnverbindung in die Landeshauptstadt hatte mir wieder einmal zu denken gegeben.

Silvia verdrehte die Augen: »So kompliziert, dass die unbedarften Bürger nicht mehr mitreden können?« Sie verlieh ihrer Stimme einen ironischen Unterton: »›Das wäre im Einzelfall gründlich zu prüfen!‹ Im Grunde genügt es allerdings, sich zu fragen: ›Wer zahlt das?‹ und ›Wem nützt das?‹, um derartige Vorschläge zu beurteilen, und die Antwort ist in diesem Fall sonnenklar, denke ich.«

Sie zog entschieden an ihrer Zigarette und drückte sie auf der Länge von fast zwei Zentimetern vor dem Filter aus. Silvia hatte panische Angst vor gelben Fingern.

»Weil ich Michaels Finger täglich vor Augen habe.«

Sie verzog den Mund wie immer bei diesen Worten, so dass ich mich wie schon oft fragte, weshalb sie es ertrug, mit ihm das Bett zu teilen.

›Alles hat seinen Preis‹, hatte sie einmal gescherzt.

Es war viel geschehen in den vergangenen Tagen – die Zeit, Gegebenes für selbstverständlich zu nehmen, schien vorüber. Seit unserem Gespräch mit Margot beschäftigte mich eine Frage, und der Anblick von Ekel in Silvias Gesicht ermutigte mich, sie ihr nun endlich zu stellen: »Was hat deine Beziehung zu Michael mit der Notwendigkeit von Arbeit zu tun?«

Sie stöhnte, als hätte ich ihr einen Schlag in die Magengrube versetzt.

»Und so etwas fragst du ein paar Minuten bevor der Unterricht wieder anfängt.«

Ich sah auf die Uhr. Sie hatte recht, wie immer.

Die Chorprobe!

Ich widmete die Probezeit vollständig meiner Komposition, und es schien, als würden die anderen von meiner Begeisterung angesteckt – wir arbeiteten konzentriert und gelöst wie selten.

Ich stellte mich tief in das Halbrund meiner Sängerinnen und Sänger, dorthin, wo ich das Übereinanderschlagen der Klangwellen am intensivsten erlebte.

Patrick begeisterte sich für die Idee, die Worte der Weber einzubauen. Wir experimentierten mit verschiedenen Varianten, Tempi und Betonungen.

Selbst unsere beiden Jüngsten, die Mädchen aus der 5a, trauten sich, als Einzelstimmen aus dem Ensemble auszuscheren und ein kleines Solo zu improvisieren.

In mehreren Durchläufen probten wir das Gegeneinander der beiden Rhythmen bis zu dem Beginn der Auflösung durch die Zwischentöne der Extrasystolen. Patrick hatte sich in den Arbeitsrhythmus eingeordnet, während Nora, obwohl es ihr schwerfiel, den Ehrgeiz hatte, den Herzrhythmus zu schaffen. Die beiden klebten ihre Augen aneinander, und tatsächlich half es ihnen, ihre Rhythmen zu halten. Ansonsten wahrte Patrick Abstand zu Nora und hielt sich an die anderen drei Männer, die in unserem Gesangsverein Unterschlupf gefunden hatten. Ich begrüßte das. Es lockerte die Choratmosphäre, wenn Pärchen sich in Individuen auflösten.

Im Anschluss an die Probe halfen mir Nora und die Mädchen beim Aufräumen. Ich behielt unsere Musik im Ohr, bis Noras Seitenblicke mich irritierten. Sie tropften auf meine Haut wie der Beginn eines Regenschauers an einem heißen Sommertag. Da kam was! Ich war nicht überrascht, als sie nicht gehen mochte, sondern zwei Piccolo hervorholte, die sie entkorkt auf das Klavier stellte, »um die Stimmung aufzulockern«. Sie lächelte mich von unten her an, was nicht so einfach war, wie es gesagt ist, denn mit ihren Einsachtzig ist Nora zehn Zentimeter größer als ich. Ich ließ den Versuch gelten und war gespannt, was sich für sie seit unserer unglücklichen letzten Begegnung getan hatte. Sie gab unumwunden zu, Margot hinterhergeschnüffelt zu haben und bügelte meine Missbilligung mit der Feststellung ab, in ihrem Beruf sei der Konflikt zwischen Achtung der Privatsphäre Einzelner und dem Interesse der Öffentlichkeit unvermeidbar. Ich hielt das aus, denn Nora lachte nicht, sprach mit Klang in der Stimme, und in allem, was sie sagte, erkannte ich sie.

Margots frühere Affären mit begüterten und einflussreichen Männern Süderlenaus waren kein Geheimnis in unserer Stadt, das sah ich ein. Man tratschte, meist gutwillig, und brachte, da sie reich und großzügig geworden war, Verständnis auf für Margots unmoralische Vergangenheit, umso mehr, da sie gegenwärtig die Ordnung der Stadt nicht zu gefährden schien, stattdessen der Bereicherung der Fantasien und der Gespräche in der Bürgerschaft diente.

›Irgendwie musste sie das Geld für ihren Sexshop zusammenkriegen.‹

›Keinen Pfennig hat sie gehabt, damals.‹

›Wo gehobelt wird, fallen Späne.‹

Das allgemeine Gerede umflirrte Margot, erhob das verwahrloste Kind und seinen Aufstieg zu den Reichsten der Republik in die Welt der Mythen und Märchen. Und nun kam Nora und behauptete, einzelne Affären zeitlich festlegen, Namen und Zeugen benennen zu können. Sie entblößte Margot vor aller Augen, und es war, als wolle sie einen Pranger errichten, an dem die reiche Krause dem Hohn des Mobs ausgesetzt werden sollte.

Wozu? Nora behauptete glaubhaft, sich von der Idee verabschiedet zu haben, von Margots Rücken aus in die große Karriere zu starten.

»Es geht nicht um mich, es geht um Süderlenau. Du glaubst doch nicht ernsthaft, sie habe allein mit ehrlicher Prostitution ein Seximperium erschaffen?«

Irgendwo inmitten der sexuellen Geschäftsverbindungen zwischen Margot und den damaligen honorablen ›alten Säcken‹ (Noras Worte) der Stadt mussten Abhängigkeiten entstanden sein oder Seilschaften. Da waren große Summen im Spiel, vielleicht Erpressung. Höchstwahrscheinlich, so Nora, wirkten diese alten Verbindungen weiterhin im politischen Untergrund unserer Stadt. Wenn eine Milliarde im Gewand einer Spende an die Allgemeinheit in noch unbekannte Kassen fließen sollte, so war das Grund genug, zumindest nachzuforschen.

Nora hatte sich um ihren Atem geredet. Sie hetzte sich ab, sich zu erklären, bevor mein Richtbeil ihr das Wort abtrennte.

»Ich verstehe, wie dankbar du ihr bist, nachdem sie dein Talent über alles Maß gefördert hat. Ich verspreche dir, ich werde nichts veröffentlichen, ohne vorher mit dir gesprochen zu haben. Allerdings werde ich allein entscheiden, ob ich veröffentlichen muss oder nicht.«

»Wann entscheidest du das?«

»Nach der Stadtratssitzung. Wenn ich weiß, wohin die Milliarde geht, werde ich klarer sehen.«

Silvia kam am Freitag vor unserer Wochenendreise schon mit gepacktem Koffer in die Schule.

»Ich will mir sein Gejammer nicht länger anhören.«

Michael hatte sich bereits am Abend zuvor so betrunken, dass er am Morgen noch nicht ausgenüchtert war. In diesem Zustand hatte er Silvia den Weg verstellt.

»Er wollte mich mit dem Gepäck nicht gehen lassen.«

Ihren Rollkoffer hatte sie mittlerweile oben auf dem Schrank im Lehrerzimmer verstaut. Offensichtlich hatte sie sich durchgesetzt.

»Ich habe ihn angesehen, bis er gegrunzt hat und wieder in sein Bett gewankt ist. Widerlich!«

Sie hatte noch nie so deutlich über ihr Leben mit Michael gesprochen, und ich verhielt mich, als säße ein Schmetterling auf meiner Lippe, den es um keinen Preis zu verscheuchen galt.

Wir waren beide aufgeregt. Silvia zog sich nach dem Unterricht auf der Personaltoilette ein Reisekostüm an, um das Ereignis angemessen zu begehen. Seit Michaels Unfall war sie über die Grenzen unseres Bundeslandes nicht mehr hinausgekommen. Damals war sie in den Zwanzigern gewesen und noch fremd in Süderlenau. Sie hatte sich in der Provinz niedergelassen, um uns, die wir nicht übersättigt waren wie die Großstadtmenschen, Kultur und politische Bildung zu vermitteln. Michael war Silvia einige Monate später nach Süderlenau gefolgt. Er hatte seine Arbeit als Steinmetz in Berlin aufgegeben, nachdem Novacrem ihm eine Anstellung angeboten hatte – nicht in seinem Beruf, das konnte er nicht erwarten – er wurde als Ungelernter eingestellt. Für den Anfang wäre das okay, hatte Michael gemeint. Das Wichtigste war ihm damals schon, bei Silvia zu sein.

Michael hatte im Lager gearbeitet, wo es später zu dem Vorfall kommen sollte, der Michaels und Silvias Leben in den folgenden Jahrzehnten überschattete. Angefangen hatte es mit einer Alberei unter den Kollegen, in deren Verlauf Michael in eine Tonne gegriffen hatte, in der er Basiscreme vermutete, die er in die lachenden Gesichter der Kumpel zu schleudern gedachte. Stattdessen hatte er zu schreien begonnen. Bis er das klebrige Material von der Hand gekratzt hatte, hatte es sich tief in sein Fleisch geätzt, Muskeln und Sehnen der rechten Hand waren irreparabel zerstört.

Die Tonne war später nicht mehr auffindbar, die Fragen, was zu welchem Zweck darin gewesen war und warum das Gefäß offen gestanden hatte, konnten vor Gericht nicht geklärt werden. Michael war eine Entschädigung zugesprochen worden, die gering ausfiel, weil er mit seinem regelwidrigen Verhalten selbst zu dem Unfall beigetragen hatte. Nachdem die Hand vernarbt war, hätte er Anspruch darauf gehabt, in die Fabrik zurückzukehren, aber er wollte nicht. Er weigerte sich, sich überhaupt um Arbeit zu bemühen. »Niemand wird mich mit dieser Hand als Steinmetz einstellen«, wehrte er gutgemeinte Ratschläge ab. Er beantragte Invalidenrente und ließ sich von Silvia versorgen.

Silvia saß im Reisekostüm im Lehrerzimmer neben ihrem Rollkoffer.

»Die Schwäche mit dem Alkohol hat er, solange ich ihn

kenne. Es ist nie bei einem Glas Wein geblieben, wenn er trank. Aber er war Steinmetz, und er träumte davon, Bildhauer zu werden. Dafür hat er sich zusammengerissen.«

Ich hatte immer den Eindruck gehabt, dass Michael das Saufen auch nach dem Unfall unter Kontrolle behielt. Er benutzte es, wenn er Silvia unter Druck setzen wollte.

»Ich hätte niemals zulassen dürfen, dass er seine Arbeit für mich aufgibt.«

So sehr ich es bedauerte, Silvia hätte kaum einen ungünstigeren Moment wählen können, sich mir zu offenbaren, als diesen, in dem ich die Zeiger der Uhr im Blick hatte und nur mit halber Konzentration hinhörte, bis ich sie schließlich unterbrach.

»Wenn wir unseren Zug kriegen wollen, muss ich jetzt nach Hause, den Koffer holen und so.«

Sie stand auf, nickte knapp. »Ich warte am Bahnhof.« Schon ging sie los, aufrecht, die Handtasche über der Schulter, den Koffer hinter sich herziehend.

Für mich gibt es nichts Schöneres, als träge am Fenster zu sitzen und durch die Landschaft zu gleiten. Wir stiegen in der Landeshauptstadt in den ICE um und fuhren von dort durch bis nach Dresden.

»Ich liebe ihn nicht mehr«, eröffnete Silvia mir im Bordcafé. »Ich habe das Begehren verloren, als er sich von mir abhängig machte. Weil er auf Sex bestand, habe ich Fick für Fick auch das Gefühl der Verbundenheit mit ihm verloren.«

Mir graute bei dem Gedanken, dass Silvia wider ihre Lust mit jemandem schlief.

»Warum tust du das?«

»Er hat mir damals mein Studium finanziert.«

Meine überbordende Liebessehnsucht hatte über Jahrzehnte verhindert, dass ich ein realistisches Verhältnis zur menschlichen Sexualität entwickelte. Sex als Ware war für mich so, als müsste ich mit einer Hand einen 6/8-Takt, mit der anderen 4/4 klopfen. Mit Übung und Konzentration ist das machbar.

»Das Studium dürfte abbezahlt sein«, stellte ich fest.

»Nein«, widersprach sie. »Das Studium wird niemals abbezahlt sein. Michael hat mir auf viele Weise ein Ich gegeben. Mit dem Studium hat er mir eine Welt geschenkt.«

Sie nahm einen Schluck des hoffnungslos überteuerten Kaffees.

»Er hat seine Hand und sein Ich verloren, um bei mir bleiben zu können. Dem zolle ich Respekt, indem ich zu ihm halte, bis er sich wieder gefunden hat.«

Pause.

»›Wenn Ihre finanzielle Lage Sie nicht dazu nötigen würde.‹ Das Gebäude, das ich in vielen Jahren aus meinen Gedanken erbaut hatte, ist zusammengestürzt: Wenn ich Michael nicht versorgen müsste, wenn ich nicht seine Ansprüche auf meine Rente sichern müsste ... Wenn meine Existenz Wert hätte, ohne dass ich sie erarbeite ...Wenn Michaels Existenz der Welt etwas wert wäre, könnte er dann seinen Wert selbst mehr schätzen?

Zu den menschlichen Naturrechten gehört das Recht, die eigene Existenz zu sichern. Im Naturzustand bedeutete das die Berechtigung, die Erde zu nutzen, um auf ihr zu jagen, zu fischen und zu sammeln. Mit der Privatisierung von Landbesitz ist dieses Recht verloren gegangen. Das Grundrecht auf Existenzsicherung müsste in eine neue Form gegossen werden. Es wäre heute das Recht, Anteil an den Werten zu nehmen, den die Erfindungen, Bauten und Maschinen unserer Vorfahren erwirtschaften.«

Sie sah mich an.

»Auf diese Idee bin nicht ich verfallen, die gab es schon im frühen neunzehnten Jahrhundert. Die Gewissheit, als Mensch ein bedingungsloses Recht auf eine gesicherte Existenz zu haben – wie verändert eine derartige Selbstverständlichkeit des Seins Gefühle, Entscheidungen, Handlungen, Beziehungen?«

Sie hielt inne, betrachtete still ihre Hände, die gespannt und tatbereit auf dem Tisch lagerten.

Wir übernachteten in der Jugendherberge in einem schlichten Zimmer mit zwei einfachen zusammengeschraubten Betten auf marmoriertem Linoleum, das unter den Bettgestellen noch glänzte. Die Betten waren bereits bezogen, was mich überraschte und in mir ein Gefühl von Luxus wachrief, denn in den Herbergen meiner Jugendzeit hatte es das nicht gegeben. Ich genoss das Gefühl, verwöhnt zu werden – umso mehr weil ich es mit Silvia teilen konnte.

Ich hatte mich den Tag über daran gewöhnt, jeden Gedanken, der mich ereilte, und jedes Gefühl, das mich traf, in Sätze zu gießen und mitzuteilen, und mir wurde bewusst, wie einsam ich im Allgemeinen lebte.

»Nicht mehr Monika, sondern Amalia«, fasste Silvia zusammen, nachdem ich des Längeren ausgeführt hatte, warum ich am Sonntag sehr früh aufbrechen musste. »Das erfahre ich, nachdem die Sache schon drei Wochen läuft. Wie ist sie denn?«

Ich wurde rot, weil ich es nicht wusste.

»Volkswirtin und arbeitslos«, antwortete ich vage. »Und sie ist siebzehn Jahre jünger als ich.«

Silvia beobachtete, wie ich unter ihrem Blick noch tiefer errötete.

»Ach so«, stellte sie fest.

Mir war klar, dass ich zu weit ging, als ich ihr dann die Frage stellte, die ich nur zu stellen wagte, weil sie meine beste Freundin war, die ich beinahe liebte.

»Wie kannst du mit Michael schlafen, wenn du ihn nicht begehrst?«

»Mit preußischer Disziplin!«

Ich lachte nicht, und sie schwieg in mein Warten hinein. Nach einer Weile erklärte sie: »Es hat mir auch ohne Begehren eine Art Befriedigung gegeben, solange es ihn glücklich zu machen schien. Es war okay. Selbst als die Liebe fehlte, war es in Ordnung. Erst als ich gar nicht mehr da sein konnte, habe ich begonnen, ihn zu hassen. Das hat mir genommen, was er mir früher einmal gegeben hat.«

Ich verstand sie nicht. »Er konnte dich zu nichts zwingen.«

»Ich habe zu Hause gelernt, dass man nichts geschenkt bekommt. Früher oder später galt es für jede Fürsorge und alle Liebesdienste zu bezahlen.«

Sie stand auf und schüttelte sich.

»Und damit ist das Thema beendet.«

Wir waren beide Lehrerinnen. Wir wussten, wann Schluss war.

Die Sonne schien noch, als wir endlich aufbrachen. An diesem Abend besichtigten wir Zwinger, Semperoper, die Frauenkirche, weil Silvia es wollte. Ich wollte in die Lesbenszene von Dresden, und nachdem wir ihr Programm bewältigt hatten, folgte Silvia mir brav.

Wir durchquerten die Neustadt, begeistert von den originellen kleinen Fensterauslagen der vielen schummrigen Läden, die von Dresdener Kleinunternehmergeist zeugten. In einem Fenster kroch eine Schlange schneckengleich durch ein Terrarium. Auf dem Fensterbrett davor wartete ein Buch, nicht verloren noch vergessen, sondern ›freigelassen‹, so stand es auf dem Etikett, das jemand auf den Einband geklebt hatte. Ich mochte freie Dinge, darum nahm ich es mit. Es war die Bibel.

Einige Schritte später blieb Silvia stehen, notierte, da wir auf Forschungsreise waren, eine der Wandschmierereien in ihren Lehrerkalender:

›Wir vollbringen Arbeit, die wir hassen, und kaufen Dinge, die wir nicht brauchen.‹

Silvia nickte zufrieden, während sie das Büchlein zurück in die Handtasche steckte.

Dann endlich bogen wir in der Leipziger Vorstadt in die Hechtstraße ein, wo sich das Frauencafé SAPPHO befindet, in dem wir uns niederließen. Es war eine herrlich milde Oktobernacht. Wir setzten uns an einen der Tische auf der Straße und zündeten das Windlicht an. Die übrigen Gäste waren ebenfalls dort draußen versammelt, so dass ich mir schnell einen Überblick über das Publikum verschaffen konnte: zu jung. Gelangweilt holte ich die Bibel hervor.

»Danke für deine Aufmerksamkeit«, kommentierte Silvia.

Ich bot an vorzulesen, ließ mich von ihrem nörgelnden Blick nicht abhalten und berichtete vom Paradies, so wie es geschrieben stand:

Damals litt niemand Not, der Boden war fruchtbar, und das Leben verlangte nichts von den Menschen, als dass sie ihre Hände ausstreckten und pflückten, was Gott ihnen gegeben hatte. So blieb es bis zu jenem Tag, an dem Adam und Eva sich von der Schlange verführen ließen, die Gebote Gottes zu missachten und die Früchte vom Baum der Erkenntnis zu kosten. Gott blieb das Vergehen nicht verborgen und er strafte die Verführten ebenso wie die Verführerin.

Gott strafte die Schlange, der er die Beine nahm, ohne die sie bis zum heutigen Tag gezwungen ist, bäuchlings im Staub zu kriechen. Gott strafte Eva, indem er sie dem Mann unterwarf und ihr zugleich das Verlangen nach ihm gab, auf dass sie ihm nicht entsagen und entfliehen konnte. Er strafte Eva mit den Plagen des Gebärens. Gott strafte Adam. Er ließ den Boden unfruchtbar werden und strafte Adam mit den Mühen des Ackerbaus. Gott verfluchte den Acker um Adams willen.

Ich erhob Zeigefinger und Stimme und las: »Mit Mühsal sollst du dich von ihm nähren dein Leben lang. Dornen und Disteln soll er dir tragen und du sollst das Kraut auf dem Felde essen. Im Schweiße deines Angesichts sollst du dein Brot essen, bis du wieder zu Erde wirst, davon du genommen bist.« Ich sah Silvia tief in die Augen: »Wenn die Plage der Existenzsicherung eine Strafe Gottes ist, erübrigt sich unsere Forschung. Wir sollten die Reise abbrechen.«

Silvia war der Meinung, seit dem Mittelalter sei genügend Zeit vergangen. Jenseits der Bibel habe sich das Recht auf Erkenntnis durchgesetzt.

»Interessant, wie der biblische Mythos auf die Unterordnung der Frau in der Kultur der frühen Ackerbauern verweist«, analysierte sie kühl.

Ich hatte ihren Widerstandsgeist geweckt, und noch vor dem Schlafengehen ermahnte sie mich, an Marx und Engels zu denken: Die Arbeit, der schöpferische Akt, die Natur für den eigenen Zweck zu gestalten, habe nach Meinung dieser Philosophen den Menschen selbst geschaffen.

»In seinem Werk erkennt ein Mensch sich selbst und gewinnt als einziges Wesen ein Bewusstsein seiner selbst!«

Sie gähnte: »Aber nur, wenn die Arbeit frei und selbstbestimmt ist, verstehst du.«

»Hmh«, machte ich. Mir schien das sehr kompliziert zu später Stunde.

Ich schlief fest und erwachte am folgenden Morgen frisch und früh.

Silvia behauptete, sie habe kein Auge zugetan wegen meines Schnarchens, aber ich glaubte ihr nicht, denn sie sah munter aus. Ich selbst war durch das ständige Nachdenken über Arbeit in rührseliger Stimmung. Mit neuer Ehrfurcht betrachtete ich die Schraubverbindungen unserer Betten. In der Dusche stellte ich mehrfach das Wasser an und aus, um zu erleben, wie es funktionierte. Begeistert hielt ich eine Scheibe Mischbrot aus dem Frühstückskorb gegen die Sonne.

»Stimmt was nicht?« Silvia kaute energisch. »Wenn du nicht langsam einen Zacken zulegst, können wir uns die Ausstellung schenken.«

»Silvia!« Ich legte die Brotscheibe behutsam auf meinem Teller ab und ergriff das Messer, eigentlich um damit in die Butter zu schneiden, hielt jedoch inne und drehte und wendete es in meiner Hand. Silvia hob die Augenbrauen.

»Hast du schon einmal darüber nachgedacht, was wildfremde Menschen für uns tun?« Ich spürte Tränen die Kanäle zu meinen Augen emporsteigen.

Sie nickte: »So ist das in der arbeitsteiligen Gemeinschaft. Wir bedürfen der anderen, um unsere Wünsche zu befriedigen, und befriedigen die Wünsche der anderen, während wir für unseren eigenen Lebensunterhalt sorgen. Hat schon Hegel formuliert.«

So einfach wollte ich mich nicht zurück in die Fassung schrauben lassen und strahlte weiterhin verklärt das Messer an. Silvia warf einen kurzen Blick darauf, während sie mit ihrem eigenen die untere Hälfte ihres Brötchens bestrich.

»Dein Messer wurde im Wesentlichen von Maschinen hergestellt.«

»Aber Menschen haben die Maschinen erfunden, gebaut und bedient«, beharrte ich auf meinem Menschheitsverschmelzungszustand.

Silvia biss zu: »Stimmt, aber die Erfinder und Erbauer der Maschinen sind längst gestorben: Ergo!« Sie hieb mit der Faust auf den Tisch, dass die trockene Brotscheibe auf meinem Teller erzitterte. »Wem gehören die Maschinen heute von Rechts wegen?« Sie richtete drohend den Zeigefinger auf mich, und ich beeilte mich, endlich Butter auf der Schnitte zu verteilen.

»Ich sage es dir: der Menschheit im Allgemeinen, als Erbe allen menschlichen Wissens, das sich über Jahrtausende angesammelt hat – und insbesondere den Nachkommen der Fabrikarbeiter, die die Einzelteile fabriziert und zusammengesetzt haben. Und wer hat sich die Maschinen angeeignet?«

Erneut stach ihr Finger in meine Richtung.

»Die Fabrikbesitzer«, erwiderte ich vorsichtig.

»So ist es: Die Besitzer der Produktionsmittel haben sich die Produkte der Arbeiter angeeignet und akkumulieren weiterhin Reichtum. Dabei hat schon Rousseau erkannt: Die einzige legitime Quelle von Reichtum ist Arbeit.«

Wieder schlug ihre Faust auf der Tischplatte auf: »Arbeit – nicht Besitz!«

Mein Messer hatte deutlich an Glanz verloren, und das lag wirklich nicht an der Butter, eher im Gegenteil.

»Überhaupt«, fügte Silvia hinzu, »hast du mal überlegt, warum heutzutage noch Messer produziert werden müssen? Wir dürften längst genügend davon haben. Die Dinger könnten ewig halten, wenn die Wegwerfgesellschaft nicht ständig Modeerscheinungen und künstliche Bedürfnisse entwickeln würde, die den Konsum und die Wirtschaft anheizen.«

Allmählich merkte auch ich, was eigentlich gespielt wurde. Wir alle waren nur Rädchen im perfiden System des Kapitalismus.

»Am liebsten würde ich den ganzen ausbeuterischen Schrott hier zerdeppern«, posaunte ich engelsgleich mit einer ausladenden Armbewegung über all das Geschirr auf dem Tisch. Silvia fiel mir in den Arm und hatte natürlich recht damit.

Schon die Weber hatten ihre Wut an den neumodischen Webstühlen ausgelassen, denen sie die Schuld für den Verlust von Arbeit und damit von Brot zuschoben, erläuterte Silvia, aber nicht die Produkte und nicht die Produktionsmittel waren das Problem, sondern die Produktionsverhältnisse. Arbeiter wie Kapitalist standen den Verhältnissen, die sie selbst mit ihren Tätigkeiten stets neu erschufen, wie einer fremden Macht gegenüber. Das hatte Marx herausgefunden, teilte mir Silvia mit. Immer weiter, immer mehr musste produziert werden, unabhängig von jeder menschlichen Notwendigkeit. Wer bremste, um aus dem System auszusteigen, verlor im Wettbewerb mit den anderen.

»Aber« – zum dritten Mal die Faust – »wenn wir aus technologischem Fortschritt selbstbestimmte freie Zeit gewinnen wollen, ist es unvermeidbar auszusteigen!«

Silvia war nun hochmotiviert für unser weiteres Programm, und es blieb mir nichts anderes übrig, als schon im Gehen in das nur halb geschmierte Brot zu beißen.

»Arbeit: Sinn und Sorge« – das Motto der Ausstellungsmacher.

Ich spazierte durch ihre Ideenwelt und suchte nach weiteren klingenden Worten, die in mein Musikstück passten: Pein und Plage vielleicht, oder: Brot und Geld …

Silvia rannte derweil mit Notizbuch, Stift und Runzelstirn zwischen den Exponaten umher. Einige Male versuchte ich Kontakt herzustellen, doch sie streckte mir abwehrend die Handfläche entgegen und verhinderte mit ihrem Blick, dass unqualifizierte Worte meinerseits in ihre Gedankenwelt einbrachen.

Nun, dann nicht. Ich bestellte mir einen Milchkaffee und setzte mich unter einen der Sonnenschirme im Vorhof.

Arbeit als Brücke zwischen Mensch und Welt – mir reichten in diesem Moment zum gleichen Zweck die Sinne: Der Milchkaffee schmeckte super.

Silvia kam und teilte mir ihr Zwischenergebnis mit: Arbeit musste frei sein – alles andere tat nicht not und ergab keinen Sinn.

So weit waren wir schon gewesen!

Wir spazierten dann frei durch den Garten. Die Bäume warfen mit ihren Früchten nach uns. Am aggressivsten war die Deutsche Eiche. Ich lauschte dem Rascheln und Klacken der Eicheln während ihres Falls durch das Laub und beim Aufprall auf dem Waldboden. Andere Bäume ließen ihre Früchte segeln oder als Hubschrauber zu Boden kreiseln, sei es, um ihre Gene über ein größeres Gebiet zu verteilen, sei es aus bloßer Rücksicht auf harmlose Spaziergängerinnen.

Wir hatten Hunger, sammelten Bucheckern, pulten die Kerne heraus und aßen sie. Silvia behauptete, wir würden uns nunmehr auf dem Niveau der Subsistenzwirtschaft befinden, da wir keinen Mehrwert produzierten, den ein anderer abschöpfen könnte. Ich protestierte, weil das Sammeln mir Spaß machte und Spaß auch mehr wert sei, aber Silvia konnte das aus wirtschaftlicher Sicht nicht gelten lassen. Ebenso seien Würde in der Arbeit oder Stolz auf die Arbeit nicht mehr wert, im Gegenteil, nähme man ihren Wert ernst, so würden sie Mehrwert verhindern.

Ich fand Mehrwert doof. Silvia sagte, das sei naiv gedacht, es ginge lediglich um ein Problem der Verteilung, und ob ich materiell nichts anderes wolle als ausreichend zu essen und eine warme trockene Behausung. Ich dachte sofort an mein Klavier. Vielleicht taten es auch Klanghölzer und Früchterasseln, vielleicht war das alles nur Gewohnheit.

»Milchkaffee«, warf Silvia in meine Überlegungen hinein, und da gab ich klein bei.

Mir brummte der Kopf von all den Forschungsergebnissen, und als Silvia am Abend schon wieder mit Engels anfangen wollte, schlug ich vor, unsere gemeinsame Reisezeit stattdessen bei einem Glas Wein ausklingen zu lassen. Wir kamen auf die Schule zu sprechen und unsere Träume, beweinten unser Schicksal, tranken einen weiteren Wein, und das Ganze mündete letztlich in einem tränenreichen Besäufnis.

Die Verabredung mit Amalia jagte mich am nächsten Morgen mit dicken Augen und dickem Kopf aus dem Bett und in den Zug. Sie holte mich um die Mittagszeit in der großen Stadt am Bahnhof ab. Ich hatte mich darauf gefreut, so wie ich es von meinen bisherigen Besuchen bei ihr gewohnt war, gemeinsam zu ihr und dort sofort ins Bett zu gehen, und war irritiert, als es dann anders kam. Zwar fuhren wir zu ihr nach Hause, doch statt mich ins Schlafzimmer zu führen, kochte sie Tee und setzte sich mir gegenüber an den Küchentisch. Ich erwähnte, dass ich die Nacht zum Schlafen brauchen würde; sie lächelte mich an, aber mein kleiner Wink führte zu keiner einschlägigen Verhaltensänderung.

Sie wollte reden, daran bestand kein Zweifel, und ich fügte mich. Ich erfuhr, dass Amalia unserer Leidenschaft große Bedeutung zumaß. Sie hatte zwar mehrere langjährige Beziehungen gelebt, in denen jedoch sexuell eher auf Sparflamme gekocht worden war. Ich bekannte, dass es bei mir eher umgekehrt gewesen war: kurze Affären mit viel Sex. Begeistert schien sie nicht von meiner Eröffnung. Sie wünschte sich, mit mir beides leben zu können, darum mussten wir nun miteinander reden und uns auf anderer Ebene näher kommen. Ich hörte ihr zu, obwohl mir nach der anstrengenden Forschungsreise eher nach Entspannung war. Sie erzählte, dass sie Volkswirtschaft studiert hatte, um die Grundlagen des Lebens zu verstehen. Mich erinnerte das an Silvia, und ich spürte eine Welle der Sympathie in mir aufsteigen, Hand in Hand mit einer Welle des Begehrens.

Nichts zu machen, Amalia blieb stur.

Sie fuhr fort, dass es ihr schwerfalle, eine Arbeit zu finden, die ihren Vorstellungen entsprach. Seit einem Jahr war sie arbeitslos und hatte viel Zeit, die sie sehr gern zu einem beträchtlichen Teil mit mir verbringen würde. Mir wurde mulmig. Ich berichtete von meinem Klavier, das viel Zuwendung verlangte, und wie noch nie jemand nach Süderlenau hatte kommen wollen oder sollen.

Obwohl mich ihre Wünsche rührten – mir ginge das zu schnell.

Tatsächlich war es mehr als das. Ihre Vorstellungen davon, wie wir unsere Beziehung gestalten könnten, nahmen mir die Luft. Amalia beobachtete, wie ich angestrengt die Schultern hob und senkte.

»Oje, so schlimm«, sagte sie. Dann stand sie auf, stellte sich hinter mich und begann meinen Nacken zu massieren. Ich schloss die Augen. Ich wunderte mich, wie erschöpft ich mich mit einem Mal fühlte. Ich senkte meinen Kopf auf den Tisch. Jedenfalls ging mein Atem wieder freier. »Ich habe wohl ziemlich viel Angst«, sagte ich.

»Ja«, meinte sie, »so etwas in der Art ahnte ich schon.«

Später erinnerte ich sie daran, dass sie ihre Leidenschaft nicht mehr auf Sparflamme kochen wollte und dass wir uns darin zumindest einig wären.

Sie lachte ihr tiefes Lachen, und es wurde doch noch wild zwischen uns.

Ich war dann reichlich müde am Montag.

»Du grinst schon wieder so seltsam«, kommentierte Silvia.

Die ganze Woche noch herrschte in Süderlenau angespannte Betriebsamkeit. Selbst auf dem kurzen Weg von der Schule in die ATEMPAUSE wurden Silvia und mir Flugblätter in die Hände gedrückt. »Eine Milliarde für den Sport!« – der Bau eines modernen Schwimmbades wurde beworben, die Eintrittspreise sollten subventioniert werden, gesunde Freizeit für arm wie reich. Ich fand die Idee nicht schlecht. Silvia, der es nicht gelungen war, das Flugblatt abzuwehren, zerknüllte es ungelesen auf dem Weg ins Café, murrend, für einen derartigen Unsinn werde der Regenwald abgeholzt.

Sonst war sie immer für Bürgerbeteiligung.

»Bürgerbeteiligung! Margot weiß, was sie will, und basta. Was hier läuft, dient lediglich der Psychohygiene, sonst wäre es gar nicht auszuhalten, wie die Margotsche Finanzmacht uns am Wickel hält.«

Je näher der Freitag mit der Stadtratssitzung rückte, desto fiebriger politisierten wir in Süderlenau.

Am Mittwoch rannte ich – den Kopf voll mit Musik – zufällig an Patricks Grundstück vorbei. Selbst er hatte ein Plakat ausgehängt: »Eine Milliarde für die Kunst – Werkverträge für Süderlenaus Künstler!«

Patrick stand umringt von einer vollen Traube Jugendlicher vor einer seiner Skulpturen. Vor Überraschung fielen mir die Töne aus dem Hirn. Ich glotzte zu ihm hinüber. »Hallo!«, rief er mir zu. Ich winkte matt zurück, und er kam an den Gartenzaun. Er wirkte so frisch, dass es beinahe nach Seeluft roch.

»Ich begleite ein Kunstprojekt mit Jugendlichen – macht richtig Spaß. Ich komme bloß nicht mehr zu meiner eigentlichen Arbeit. Was soll's – Hauptsache, ich bin kein Luftikus für Nora. Mal sehen, ob's hilft.«

Er schrumpfte zusammen.

»Nora hat eine Identitätskrise, und mich scheint sie als ihr zweites Ich anzusehen. Jetzt doktert sie an mir herum, und ich muss zusehen, wie ich es schaffe, ihren Respekt zu gewinnen und gleichzeitig meine Selbstachtung zu erhalten. So sieht's aus. Na ja, ich muss mich mal wieder um die jungen Leute dort kümmern. Bis morgen im Chor!«

Ich verzog das Gesicht, denn ich ahnte, die Probe würde nichts werden, und damit lag ich richtig. Das Problem waren nicht Patrick und Nora – es kam schlichtweg keine Arbeitsatmosphäre auf. Immer wieder entstand ein Getuschel. Natürlich ging es um ›morgen‹, um ›Freitag‹, um die Stadtratssitzung und die Milliarde. Zur Halbzeit kapitulierte ich und schickte alle nach Hause.

»Ich habe mit Margot gesprochen«, teilte Nora mir mit, nachdem die anderen gegangen waren. »Ich habe sie mit einigen Fakten aus ihrem Leben konfrontiert.«

»Und?«

»Sie blieb ganz ruhig. ›Warum wollen Sie mich bloßstellen?‹, hat sie gefragt. ›Ich wollte damals raus aus der Armut,

Karriere machen und war gewiss nicht zimperlich. Was spielt das für eine Rolle?‹

Ich offenbarte ihr meinen Verdacht: ›Möglicherweise werden Sie mit diesen alten Geschichten unter Druck gesetzt.‹

Sie hat gelacht. ›Ich gebe zu, dass es mir lieber wäre, meine Vergangenheit bliebe nebulös, aber erpressbar bin ich wegen so ein bisschen Klatsch und Tratsch nun nicht – da habe ich schlimmere Demütigungen verkraften müssen.‹

›Vielleicht geht es um jemand anderen – einen Menschen, den Sie lieben‹, habe ich gesagt.

Ihr Kopf ist vorgeschossen, als wollte sie nach mir hacken. ›Ich sehe dieses Gespräch als beendet an.‹

Ich habe sofort nachgehakt: ›Geht es um Britta Sanddorn?‹«

»Wieso denn Britta?«, fuhr ich auf.

»Es war nur ein Versuchsballon – offensichtlich ein Treffer. Sie ist hochgegangen, genau wie du. Dann hat sie sich am Riemen gerissen.

›Britta hat meinetwegen genug durchmachen müssen, Sie haben das wohl recherchiert. Lassen Sie sie in Ruhe, und gehen Sie jetzt.‹«

»Und dann?«

»Ich habe mein Mikrofon und die Notizen eingepackt. Sie ist vor mir sitzen geblieben und hat mich beobachtet, als wäre ich ein fremdes Insekt.

›Wissen Sie‹, hat sie am Ende gesagt, ›ich habe früher auch alles getan, um meine Karriere voranzutreiben. So was bleibt kleben, glauben Sie mir. Es lohnt sich nicht.‹«

Nora senkte den Blick. Ich sah ihre Ohren leuchten.

»Hmh«, sagte ich.

»Ich werde niemals Anerkennung finden als Journalistin«, murmelte sie.

»Du bist sehr anerkannt in Süderlenau.«

»Süderlenau!«

»Und ich bin beeindruckt, wie du dich offengelegt hast vor mir.«

Sie sagte nichts.

»Patrick erkennt dich an.«

»Eine Null bestätigt der anderen ihren Wert.«

Allmählich nervte sie mich. »Ich halte Patrick für ziemlich klasse. Das ist mal einer, dem es um mehr geht, als um das eigene klägliche Ego.«

Ich erhob mich und klingelte sanft mit dem Schlüsselbund.

»Lass uns gehen.«

Dann kam der Freitag, die Stadtratssitzung, und natürlich sollte Silvia recht behalten.

Selbst die Kinder waren nervös an diesem Tag.

Um zehn hatte die Sitzung angefangen. Niemand wusste, wie wir von dem Ergebnis erfahren sollten. Ich rannte in jeder Pause ins Lehrerzimmer, um nach Neuigkeiten zu horchen.

Gegen Mittag hieß es, Margot werde am Bahnhof eine Erklärung abgeben. Burkhardt ordnete an, die Klassenleiter sollten ihre Kinder sammeln, Fachlehrer wie ich hatten sich nach Bedarf und Absprache zuzuordnen. Dann zogen wir in die Stadt. Weit war es nicht, aber wir gerieten schon nach den ersten paar hundert Metern ins Stocken. Süderlenau hatte die Arbeit niedergelegt und drängte zum Hafen. Wir blieben im Hintergrund und warteten ab. Mit den Kindern war es zu riskant in der Menge.

Wir spielten das Spiel, den Leuten weiter vorne auf die Schultern zu klopfen: Ob sie schon was gehört hätten? – Weitergeben ... Die Antwort blieb aus.

Dann von vorne Jubelgeschrei und laute Post durch alle Reihen. Das Geld würde verteilt werden, hieß es.

Jede Bürgerin und jeder Bürger von Süderlenau solle ein Grundeinkommen von tausend Euro monatlich erhalten.

»Quatsch«, sagte ich den Kindern.

»Alles Quatschtüten«, sagten die Kinder.

Aber am Ende war es kein Quatsch.

Margot beabsichtigte Süderlenau zur Modellstadt für das Grundeinkommen zu machen und mit der Milliarde die ersten fünf Jahre dieses Projektes zu finanzieren.

In einem Monat sollte darüber abgestimmt werden, ob Süderlenau das Angebot annehmen wollte.

Am Samstag hatten wir es schwarz auf weiß:
»Ein Grundeinkommen für Süderlenau?«, titelte der *Bote*.

Margot Krause, die angesehene Tochter unserer Stadt, die mit ihrem Lebenswerk, einem Imperium der sexuellen Aufklärung und des sexuellen Spiels, die miefigen Ehebetten in der Bundesrepublik lüftet, gab gestern bekannt, was mit der Milliarde, die sie unserer Stadt in Aussicht gestellt hat, geschehen soll. In der vergangenen Woche waren von der Bevölkerung Süderlenaus unzählige Vorschläge eingereicht worden, wie die Spende angelegt werden könnte. Es sei schwer zu entscheiden, ob die Sorge für die Alten, die Ausbildung der Jungen oder beispielsweise die Förderung der Industrie den Vorrang haben sollte, erklärte Margot Krause.

Nun hat sie sich für ein Projekt entschieden, das allen Bürgern die Freiheit lässt, selbst zu entscheiden, in welcher Weise sie ihren Anteil an dem Geldsegen verwenden wollen: Über einen Zeitraum von fünf Jahren will die alte

Dame ein Grundeinkommen von tausend Euro monatlich für jede Süderlenauer Bürgerin und jeden Bürger finanzieren.

»Ich halte das Grundeinkommen für notwendig, um der heutigen wirtschaftlichen Situation auf menschenfreundliche und vernünftige Weise gerecht zu werden«, erklärte Frau Krause. Das Ganze solle ein Probelauf für die Einführung des Grundeinkommens in Gesamtdeutschland sein.

Niemand wird Margot Krause, deren eigenes Unternehmen seit Jahrzehnten als vorbildlich hinsichtlich der Rechte und der Bezahlung der Arbeitnehmer gilt, den guten Willen absprechen. Dennoch werden im allgemeinen Jubel bereits skeptische Stimmen laut:

»Wie wird Süderlenau nach diesen fünf Jahren aussehen, nachdem das Grundeinkommen die Arbeitsmoral der Bürger zerrüttet hat?«, gab Britta Sanddorn, Eigentümerin und Geschäftsführerin von Novacrem zu bedenken.

Bürgermeister Wede befürchtet die Abwanderung von Unternehmen, da geeignete Arbeitnehmer für die Produktion in Süderlenau zur Mangelware werden würden. »Wer wird noch im Niedriglohnbereich arbeiten, wenn er seine tausend Euro bekommt, ohne einen Finger krummzumachen?«

Einen Monat Bedenkzeit hat sich die Stadt ausgebeten, um das Für und Wider abzuwägen. Eines ist allerdings jetzt schon klar: Sollte Süderlenau das Grundeinkommen ablehnen, dann ist die Milliarde verloren.

»Das Geld ist an dieses Angebot gebunden«, betonte die Milliardärin in ihrer gestrigen Ansprache vor dem Bahnhof von Süderlenau.

Auf der folgenden Doppelseite wurde die Lebensgeschichte von Margot Krause erzählt und ihre Leistungen gewürdigt. Beide Artikel hatte Nora geschrieben. Ich las angespannt und mit Extrasystolen: Nora hatte auf jegliche Enthüllungen verzichtet.

Grundeinkommen! Das nebulöse Gespräch mit Margot in der Atempause klärte sich im Licht der aktuellen Ereignisse: »Dann macht es Sinn«, hatte sie gesagt, nachdem ich meine Fantasien offenbart hatte.

Ich musste an die Luft, warf die Wohnungstür ins Schloss, stürmte zum Hafen und schlug den Weg nach Heringsort ein.

Irgendetwas war schräggelaufen in meinem Leben, und in mir gärte der Verdacht, dass Margot damit zu tun haben musste. Die Bemerkung des Zahnarztes »Vielleicht fördert sie die Stadt nur deinetwegen – wie wäre das?«, war nach vier Jahrzehnten zu Hefe in meinem Gehirn geworden. Zum ersten Mal begriff ich, dass er mir mit diesem Satz Margots Liebe zum Geschenk hatte machen wollen.

Vor mir lag der Findling, über den der Heringsorter Schwärmer sein romantisches Gedicht verfasst hatte. Dort hinauf hatte der Zahnarzt mich gehoben. Ich hatte die Arme gereckt und gerufen: ›Ich bin größer als du!‹ – ›Mag sein‹, hatte er erwidert, ›ich bin kein allzu großes Licht.‹

Seine Augen waren schon nicht mehr bei mir gewesen und meine Arme ermatteten, während sich eine Mutlosigkeit in meine Glieder senkte, die schwerer war, als ich zu heben vermochte.

Er hatte den Weg voraus in Richtung Heringsort gesehen. Dort versuchte ein Mädchen, einige Jahre älter als ich, mit seinem Vater Schritt zu halten. Der Abstand zwischen Mann und Kind vergrößerte sich, bis das Mädchen zu laufen begann. Sie erreichte ihn, sah zu ihm auf, aber er, kräftig ausschreitend, beachtete sie nicht. Als er uns bemerkte, verlangsamte er seinen Tritt. Ich kannte das Mädchen vom Sehen, und wie bei jeder unserer Begegnungen zog ich unter ihrem finsteren Blick die Arme dichter an meinen Körper. Sie ließ mich nicht aus den Augen, wobei sie sich nah an ihren Vater drängte, nicht schutzsuchend, eher als wolle sie ihn bewachen. Er griff sie bei der Schulter und schob sie von sich weg.

Mein Zahnarzt behielt den Mann im Blick, bis der, zum Stehen gekommen, in meine Richtung nickte.

»Groß geworden«, behauptete er.

»Kinder wachsen«, bestätigte der Zahnarzt. Am Ende dieser knappen Feststellung hielt er den Tonfall, als wolle er etwas hinzufügen, brach jedoch ab.

»Was?«, fragte der fremde Mann.

»Sie sieht dir nicht ähnlich.«

Ich schielte zu dem Mädchen hinüber, aber die Männer hatten ihre Augen auf mich geheftet, als urplötzlich der andere auf meinen Vater zuschnellte, ihn an den Schultern packte und schüttelte.

»Ähnlich oder nicht – was geht es dich an!« Er hatte Papa einen Stoß gegeben, dass der gestolpert und gegen den großen Stein gefallen war. Ich war voller Angst heruntergerutscht und hatte mich zu ihm gestellt. Der Fremde hatte mich unter grimmig zusammengezogenen Brauen angesehen und war dann unvermittelt mit langen Schritten weitergeeilt. Das Mädchen war ihm hinterhergerannt, dann aber stehengeblieben, hatte kehrtgemacht und war langsam auf mich zugekommen, bis sie vor mir stand und gerade genug Platz zwischen uns blieb für ihren Unterarm und ihre kleine Faust. Sie hatte nach hinten ausgeholt und mir kräftig in den Bauch geboxt. »So!«, hatte sie gesagt.

Der Zahnarzt hatte ihr traurig hinterhergesehen. »Tut mir leid«, hatte er gehaucht, wer weiß zu wem.

Zum ersten Mal überfiel mich der Gedanke, Britta könnte Gründe haben, mich zu hassen, und im selben Moment merkte ich, wie es kam – der Schwindel, die Atemnot …

»Nein«, wehrte ich ab.

Weitergehen, ruhig atmen, weinen vielleicht. Es ist nicht bodenlos, irgendwo in der Tiefe des Sumpfes ist fester Grund. Wer auch immer die Zahnärzte waren, diese Eltern von mir – sie hatten für mich gesorgt, und Hilmar war ein wirklicher Bruder gewesen.

Ich hielt an der Gartenpforte, hinter der sie lebten, der Bruder mit Frau und Kind, meine Familie, wie Heidrun mir seit Jahren einzureden versuchte. Ich überlegte, ob ich klingeln wollte, da trat sie mit einer Schüssel in den Garten.

»Hallo«, grüßte sie dumpf. »Kommst du wegen der Nachrichten? Hilmar geht mir schon den ganzen Vormittag auf den Wecker damit. Komm rein.«

Hilmar saß in dem großen hellen Wohnzimmer und hielt eine Tasse Kaffee in der Hand.

»Deine Schwester ist da«, informierte Heidrun ihn knapp.

»Hej, Katharina!« Er blieb sitzen. »Schon gehört von Margot und dem Grundeinkommen? Jetzt kann Heidrun mich endlich problemlos verlassen. Zweitausend Euro für Josefa und sie dürften reichen, nicht wahr, mein Schatz? Ich bin dann wohl überflüssig.«

»Hau ab!«, schrie Heidrun, »hau einfach ab!«, nahm ihre Schüssel und rannte aus dem Haus.

»Schöne Familie!« Ich hielt mich am Türrahmen fest. »Aber besser als keine.«

Er nickte. »Geht's dir nicht gut? Brauchst du ein Bier?«

Ich winkte ab. »Ich versuche es erst einmal so.«

Er sah mich an: »Was meinst du? Wird Heidrun mich verlassen?«

Ein kleines Gelächter schüttelte mir Tränen in die Augen. »Unsinn, Hilmar, sie liebt dich.«

Sein Blick hing an meiner schweißigen bleichen Haut. Ich bemerkte, wie er Hoffnung schöpfte.

»Du müsstest es wissen«, überlegte er laut.

Hinter seinem Gesicht bildete sich ein feines Lächeln.

»Vielleicht«, tat er cool und führte die Kaffeetasse zum Mund, kippte zu früh und bekleckerte sein Hemd.

»Wieder Arbeit für Heidrun«, bedauerte er.

»Weich es ein, das wäre eine Geste – wenn ihr schon diese bescheuerte Arbeitsteilung habt. Vielleicht hilft es.«

Er zögerte, erhob sich langsam.

»Tu Fleckensalz drauf!«, rief ich ihm hinterher.

Ich ging zum Fenster und sah über den hinteren Garten hinaus auf die Bucht. Es ging mir etwas besser, seit Hilmar mir für den Notfall ein Bier versprochen hatte.

Er kam wieder im frischen weißen Hemd, perfekt gebügelt.

»Fleckensalz ist drauf, aber es wird nichts nützen, glaube mir. Es liegt in ihr, dass sie mich bekämpfen muss.«

Gerade trat Heidrun mit der Schüssel unter dem Arm um die Hausecke in unser Blickfeld. Sie sah uns hinter der Scheibe stehen, schnitt eine Grimasse und streckte die Zunge heraus.

»Dich oder die Angst vor Abhängigkeit.«

»Hmh«, meinte er.

»Wo ist Josefa?«

»Mit Opa stadtrund.«

»Dann kommt er gleich?«

»So ist es.« Er kicherte, als ich hektisch die Tür in den Garten aufstieß und zu Heidrun hinausrannte.

Da ich nun eine Familie hatte, entschied ich, Heidrun zu helfen, den Apfelkuchen zu backen.

Josefa fand uns auf der Terrasse, wo wir Äpfel schälten und Kerngehäuse herausdrückten. Heidrun gab ihr einen Schnitz in die Hand, während ich das Lied vom kleinen Apfel für sie sang.

Er kam diesmal am Rollator und sagte: »Na, Katharina, mein Kind.«

»Hallo, Papa«, antwortete ich, ging zu ihm hin und umarmte ihn. Er wusste nicht, wohin mit seinen Armen, winkelte sie an, und sie stachen hinter meinem Rücken in den Raum.

»Jaja.« Er schob mich von sich, um mein Gesicht zu betrachten. »Hat sie mit dir gesprochen?«

»Wer?«

»Margot.«

»Nein, warum sollte sie.«

»Sie hat es mir versprochen.« Ich sah seinen Massetermuskel zucken. »Das Theater muss endlich ein Ende haben. Du wirst noch ganz durcheinanderkommen.«

»Ich gehe davon aus, dass Margot mich geboren hat.«

Ich sagte das mit plötzlicher Klarheit. Er zuckte zusammen.

»Bist du der Erzeuger?«

»Nein«, erwiderte er. »Ich hatte Margot geliebt, aber das war lange vorbei.« Er stand noch immer mit dem Rollator in der Terrassentür.

»Ich hole dir einen Stuhl.« Heidrun drängelte sich an ihm vorbei ins Haus.

»Es ist besser, ich stehe. Meine Liebe war nichts, womit ich Margot hätte imponieren können. Ich habe zwar damals bereits recht schön verdient, aber mit den Preislagen, in die Margot aufstieg, konnte ich nicht mithalten – und selbst wenn, es hätte mich geschmerzt. Margot wusste nicht, was Liebe sein kann.«

Heidrun kam mit dem Stuhl, und er setzte sich nun doch.

»Als Margot mit dir schwanger war, waren deine Mutter und ich bereits verheiratet, Hilmar war geboren. Wir hätten uns noch ein kleines Mädchen gewünscht, deine Mutter vor allem, aber sie hatten ihr wegen eines Myoms die Eileiter herausgenommen. So was ging ratzfatz zu der Zeit. Die Ärzte bekamen die OP gut bezahlt.«

»Wer ist mein Erzeuger?«

Er hob die Schultern: »Frag sie. Aber ich glaube nicht, dass sie es weiß. Margot ist damals spurlos aus Süderlenau verschwunden. Eines Tages rief sie mich an und fragte, ob wir uns immer noch ein kleines Mädchen wünschten. Ja, sicher, habe ich gesagt. Warum? Sie hat gelacht und aufgelegt. Ein paar Tage später fanden wir ein Körbchen vor unserer Tür. Darin hast du gelegen.«

Er nickte langsam: »Ich habe dich sofort geliebt. Als ich dich das erste Mal auf dem Arm hielt, war es Glück.«

Ich drückte kraftvoll das Kerngehäuse aus und stach es mit dem Griff eines Teelöffels aus dem Obststecher in die Schüssel für die Abfälle. Heidrun reichte mir das Küchenmesser.

»Eins«, bat Josefa. Ich schnitt einen Schnitz heraus und reichte ihn ihr.

»Gerda war gleich misstrauisch, aber gefreut hat sie sich trotzdem. Erst als die Weihnachtspäckchen von Margot kamen, ging es richtig los: Was du für ein Kind wärst, was Margot mit dir zu schaffen hätte. Sie war überzeugt, ich wäre dein Vater, da konnte ich lange reden. Da war vorher so eine Sache gewesen mit einer anderen Frau. Ich hatte Fehler gemacht und ihr Vertrauen leichtfertig verspielt. Mit Margot hatte das nichts zu tun, aber Gerda hatte sich in die Idee verrannt, Margot und ich hätten neben der Ehe ein heimliches Verhältnis. Es hat sie sehr gekränkt.«

Er starrte auf seine Hände.

Ich nahm den letzten Apfel und begann ihn mit äußerster Langsamkeit zu schälen.

Nach einer Weile fing er wieder an zu reden: »Ich habe Margot beiseite genommen und sie gebeten, auf ihre Geschenke zu verzichten. Sie hat es verstanden und akzeptiert. Einige Jahre später trat sie als Förderin von Süderlenau auf. Ihre erste Spende ging an deinen Kindergarten.«

Ich legte das Messer weg und wischte mir die Hände an der Hose ab. Ich wunderte mich, dass ich aufstehen konnte, obwohl ich mich leblos fühlte wie ein Stück Holz, wie diese Puppe, die von ihrem Vater geschnitzt worden war, eine Pinocchia, die nicht log, sondern selbst eine Lüge war.

»Danke, dann weiß ich Bescheid. Nun muss ich aber los. Tschüs alle miteinander.«

Nicht einmal Josefa versuchte mich aufzuhalten. Erst als ich schon an der Gartenpforte war, kam sie um die Ecke des Hauses gewackelt und rief: »Katta, Katta.«

Ich wartete auf sie. Sie ergriff meine Hände, lachte mich an und wiegte sich von einem Bein auf das andere.

»Ich komme bald wieder.« Ich nahm sie hoch und drückte sie. Vielleicht hatte der Zahnarzt so gefühlt, als er mich das erste Mal in den Armen hielt.

Der Bahnhofsvorplatz lag auf meinem Weg, und ich beschloss, in der ATEMPAUSE vorbeizuschauen. Sollte Margot mich zufällig treffen wollen, würde sie es dort versuchen.

Sie saß auf der Terrasse, hatte allen Ernstes einen Wollrock und Strickstrumpfhosen angezogen, mit einem gewissen Schick zwar, doch ein deutliches Zitat der Kleidung der alten Frauen aus Süderlenau. Eine große braune Handtasche lag vor ihr auf dem Tisch.

In einem Abstand von etwa zwei Metern blieb ich stehen.

»Setzen Sie sich!«, sagte sie und wies auf den Platz neben sich. Ich schüttelte stumm den Kopf.

Sie nickte: »Dann weißt du es schon.«

Wie sie da saß und nickte, erinnerte sie mich an den goldenen Tiger, der im Asienladen unserer Stadt im Fenster saß und ebenso gleichförmig die Pfote vor- und zurückbewegte. Mehr fiel ihr nicht ein!

Sie holte ein schwarzes Buch aus ihrer Handtasche und legte es auf den Tisch.

»Zahlen, bitte!«, winkte sie der Kellnerin und dann, sich mir zuwendend: »Morgen um 11.30 Uhr geht mein Zug zurück nach Hamburg. Ich lasse dir meine Aufzeichnungen hier. Falls du mich erreichen möchtest, findest du dort meine Adresse, Telefonnummer und E-Mail.«

Sie legte einige Münzen auf den Tisch, stemmte sich in ihrem Stuhl hoch. An diesem Tag ging sie am Rollator. Ich sah ihr hinterher. Fünfzig Meter entfernt wartete eine Taxe am Straßenrand.

Ich saß mit Silvia am Bahnhofsvorplatz von Süderlenau auf der Terrasse unseres Stammcafés ATEMPAUSE und beobachtete den Bahnhof. Ein Taxi fuhr vor.

»Da kommt sie«, sagte Silvia.

»Pff!«, machte ich.

Britta stieg durch die hintere Wagentür aus, ging zur Beifahrertür und öffnete sie weit. Ich wusste, dort saß Margot, doch was ging es mich an. Ich betrachtete die Blätter der Linde, die sich in den vergangenen Tagen gelb verfärbt hatten.

»Wolfgang ist nicht dabei«, bemerkte Silvia.

Britta schlug den Kofferraum zu. Zu ihren Füßen standen die beiden großen Koffer und der kleine schwarze mit den Rollen.

Silvia winkte. Ich folgte ihrem Blick, bis er auf Margot traf, die dort stand und guckte. Als ich klein war, hatte sie mich nie angesehen. Jetzt war ich erwachsen, ich brauchte ihr Gegucke nicht mehr. Silvia stieß mich an. Ich schüttelte den Kopf und biss die Zähne zusammen.

»Du sollst nicht knirschen«, erinnerte ich die Stimme meines Vaters, der sich stets um meine Zähne gesorgt hatte. Es war seine Art gewesen, sich zu kümmern, und es war erheblich mehr als nichts.

»Nichts hat sie für mich getan«, schnauzte ich Silvia an. »Jetzt will sie meine Mutter sein!«

Ein Brausen, als die Regionalbahn einfuhr. Ich sprang auf. Margot sah noch zu mir herüber. Ich riss den Arm hoch, schwenkte ihn, als wäre er eine weiße Fahne. Mag sein, sie lächelte. Ich konnte das nicht erkennen, weit entfernt, wie sie war; gleich darauf sah ich sie nur noch von hinten, einige ihrer weißen Haare flogen im Wind.

»Sie hat sich nicht mehr umgedreht«, bemerkte ich, während ich mich setzte. Ich führte die Schale mit dem Milchkaffee an meine Lippen.

»Das mit dem Grundeinkommen hat sie sich für dich ausgedacht«, erwiderte Silvia.

»Th! Grundeinkommen! Ich kann arbeiten wie jeder andere Mensch. Dieser ganze Quatsch mit der Hochbegabung, den sie inszeniert hat. Hätte sich einfach nur um mich kümmern sollen, aber dazu hatte sie keine Lust.«

Silvia schwieg.

»Margot kann mir den Buckel runterrutschen.«

Dann schwiegen wir beide.

Ich hatte das schwarze Buch auf dem Grund meines Wäschepuffs versenkt und mit schmutziger Wäsche bedeckt. Das Versteck war mir zu intim, doch ein geeigneterer Ort, um das Ding zu vergessen, war mir nicht eingefallen.

Amalia rief an. Ich wusste, dass sie es war. Sie hatte eine Mail geschrieben, sie vermisse mich, ich solle mich melden. Von allen Seiten wurden mir Kontakte aufgedrängt, die ich nicht gewählt hatte – als könnte ich mich nicht von allein melden, sollte mir danach sein.

Ich nahm den Hörer ab.

»Ja«, knurrte ich.

»Ich weiß, du telefonierst nicht gern ...«

»Worum geht's denn?«

Sie schwieg. Dann: »Was ist los, Katharina?«

»Nichts – abgesehen davon, dass Margot mich bedrängt. Sie will meine Mutter sein, nach all den Jahren.« Natürlich hatte Amalia keine Ahnung, was ich meinte. Woher auch.

»Margot Krause?« Amalia sprach langsam, deutlich, als wäre ich die mit den Verständnisschwierigkeiten. »Die große Mäzenin, die eurer Stadt das Grundeinkommen angeboten hat? Ich war gespannt, was du zu ihrem Vorschlag sagen würdest – eine abgefahrene Idee. Bei uns überschlagen sich die Fachleute mit Prognosen, was ein Grundeinkommen in Süderlenau für die Wirtschaft im Norden Deutschlands bedeuten könnte.«

»Hmh.«

»Margot Krause will deine Mutter werden? Warum?«

»Wie es scheint, hat sie mich vor einem halben Jahrhundert in ihrem Bauch herumgetragen. Ich wollte es nicht. Ich musste ihre Luft atmen und mich von dem ernähren, was sie bereits verdaut hatte. Sie hat ihr Blut in meine Adern gepumpt, bevor sie gegangen ist. Dann war sie weg, und jetzt soll ich plötzlich Mama zu ihr sagen.«

Ich verschluckte mich beinahe zwischen den Worten und der Luft, die sich in meine Lungen presste.

Amalia schwieg schon wieder. Ich hörte ihr zu. Sie schwieg anders als zuvor – ein ruhiges, nachdenkendes Schweigen, das sich endlich mit Stimme füllte: »Warum ist sie nicht bei dir geblieben?«

»Woher soll ich das wissen?«, brüllte ich. »Mit mir spricht doch keiner! Ich habe die Nase voll, soviel kann ich dir sagen.«

Ich knallte den Hörer auf und rannte. Mein Körper explodierte gegen Wände und Türen der Wohnung, die eng wurde, viel zu eng für meine Wut, und die ich trotzdem gerade in diesem Moment nicht verlassen mochte.

Ich riss mir die Kleider vom Leib, sprang in die Dusche, drehte den Wasserhahn auf. Unter einem kalten Strahl sammelte ich, was Amalia falsch gemacht hatte. Es war nichts Wirkliches darunter.

Ich duschte warm.

Amalia hatte sich redlich um Verständnis bemüht, das musste ich einsehen. Meine Finger verkrampften sich.

»Scheiße!«

Ich duschte kalt. Ich trocknete mich ab. Nackt ging ich zum Computer und stellte ihn an, so dass er hochfahren konnte, während ich mich ankleidete.

»Entschuldige bitte«, tippte ich. Senden. Log-out.
Sitzen und Grübeln.

Patrick schlug vor, wir sollten uns als Chor für das Grundeinkommen einsetzen.

»Das passt prima«, fand er und meinte unser Arbeitslied.

An Singen war nicht zu denken. Der Chor war zur Quasselbude verkommen, und so setzte ich mich allein ans Klavier und spielte lautlos die *Ode an die Freude*.

Nach einer Weile kam Nora zu mir.

»Was sagst du dazu, Katharina?«

»Ich will Musik machen. Mehr nicht.«

»Huh!«, meinte Nora und zog den Kopf zwischen die Schultern.

Als ich beschloss, dreckige Wäsche zu waschen, entdeckte ich am Boden des Wäschepuffs ein Buch mit schwarzem Einband und weißem Etikett, auf dem in hohen kantigen Buchstaben die Worte prangten: ›Mein Kind‹.

»Th!«

Ich packte es ein und zeigte es Silvia.

»Is' von Margot, hab ich im Wäschepuff gefunden. Wir könnten es gemeinsam verbrennen. Kann sein, dann verraucht meine Wut.«

Silvia glaubte nicht daran.

»Es könnte etwas Wichtiges darin stehen«, gab sie zu bedenken.

»Hmh.«

Das Buch lag weiter vor meiner Nase herum.

»Zum zweiten Mal sehe ich die Schrift meiner Mutter«, stellte ich fest. »Will sagen, meiner Gebärerin und Förderin. Meine Mutter ist tot. Meine Mutter nahm an, ich sei in Margots Bauch gewachsen, weil mein Vater sie um sich und um mich betrogen hatte. Dennoch hat sie für mich gekocht und meine Hausaufgaben kontrolliert. Das ist viel mehr als nichts, nicht wahr?«

Silvia hielt das Buch in ihren Händen, achtsam, als wäre es ein Schatz. »Es könnte Liebe darin sein«, schlug sie vor, »und Erde für dich – etwas, in dem du wurzeln kannst. Vielleicht erfährst du den Namen deines Erzeugers und warum alles gekommen ist, wie es kam.«

Ich nahm das Buch und steckte es zurück in meine Tasche.

Ich rief Amalia an.

»Bist du noch sauer?«

Sie war es nicht, war erkaltet, drang mit harter, zackiger Stimme in mein Ohr. Verdenken konnte ich ihr das nicht, darum entschied ich, darüber hinwegzugehen.

»Margot hat mir ein Buch gegeben.«

»Aha.«

Interesse – immerhin das. ›Interesse ist eine Form von Liebe.‹ Das hatte ich irgendwann irgendwo aufgeschnappt und hatte es schön gefunden.

»Ich habe Angst, allein darin zu lesen.«

»Ja«, sagte sie.

Ich bemühte mich, die Traurigkeit herunterzuschlucken, die beständig von den Augen zurück in meine Kehle fiel. Ich ließ den Kehlkopf hüpfen, wie ich es bei Silvia gesehen hatte. Das half.

Ich schlug das Buch auf.

»Würdest du zuhören?«

»Ja.«

Ich war beim Frauenarzt. Ich bin schwanger. Ich werde ein Kind bekommen.

Das ist mit Abstand das Größte, was ich in meinem bisherigen Leben geschafft habe. In mir wächst ein neuer Versuch, als Mensch zu leben.

Ich las wohl eine halbe Stunde aus Margots Gedanken, ohne dass Amalia mich unterbrach.

Ich war erstaunt über die Freude, die mein Aufkeimen ausgelöst hatte. Nirgends ein Gedanke an Abtreibung, stattdessen kühle Pläne, wie das Kind durchzubringen wäre.

Eine berechnende, genau kalkulierende junge Frau hatte sich mit gut lesbaren, geradlinigen, eigenwilligen Buchstaben in das Papier geschrieben.

Als Fötus war ich Hoffnung, Herausforderung, Aufgabe gewesen. Wärme und Zärtlichkeit fehlten in den Notizen.

»Es gibt viele Arten von Liebe«, behauptete Amalia. Viel mehr sagte sie nicht. »Ich muss mich da erstmal hineinfühlen.«

Mir ging es ebenso.

Ich verbrachte die Nacht mit dem Buch der Gebärerin und begann zu begreifen, warum sie uns die Liebe versagt hatte. Liebe war der weiche Boden, der Margot Krause tiefer im Morast versinken ließ. Sie hatte festen Grund gesucht: Ausbildung, Geld und mich.

Ausgerechnet ich wurde als Halteleine zum Ufer des Lebens geboren. Das war ein Witz. Ich weinte darüber.

Was ich für mich nicht mehr schaffen werde, schaffe ich für mein Kind. Mein Kind wird ein neuer Anfang sein.

Sie hatte mich lange Zeit unter weiten T-Shirts verstecken können. Mit mir im Bauch hatte sie endlich ihre Familie verlassen, oder das, was davon übrig war – Margots Mutter war lange vorher verstorben.

Ich lasse meine Schwester, mein Binchen, bei meinem Vater zurück. Es ist zu grauenvoll. Ich werde nie mehr daran denken.

»Was meint sie damit?«, fragte ich.

»Prügel und Missbrauch«, spuckte Silvia aus. »Was denkst du denn, wie Margot, die Sechzehnjährige, dazu kam, Geld durch Sex anzuschaffen? Das kann nicht jedes junge Mädchen. Abspaltung will gelernt sein.«

Ich versuchte unauffällig, Nora anzuzapfen.

»Hast du bei deiner Recherche etwas über Margots Schwester erfahren?«

Sie zuckte die Achseln: »Der Vater soll gestorben sein, als Margot Anfang zwanzig war. Die Schwester war damals minderjährig. Es heißt, Margot habe sie in einem Internat untergebracht. Warum?«

»Nur so.«

Immerhin war sie so was wie meine Tante.

Mein Kind wird mit dieser Familie nichts zu tun haben.

Ich rannte an Heringsort vorbei, einmal um die ganze Bucht, bis ich das Meer erreichte. Der Nebel hatte sich den ganzen Tag über nicht verzogen. Ich hörte einen Dampfer tuten, aber ich sah ihn nicht.

Die Wellen leckten den Strand dunkel, bevor sie sich in die

See zurückzogen, wo sie von ihren Nachfolgern überrollt wurden. Langsam zog ich mich nackig aus, beschwerte meine Kleidung mit großen Steinen, damit der Wind sie nicht mit sich riss.

Ich ging geradewegs ins Tiefe, bis die Kälte meinen Bauch berührte und mir den Atem nahm. Trotzdem tauchte ich unter, steckte sogar den Kopf unter Wasser, um die Gedanken einzufrieren. Dann rannte ich zurück, an die Luft, dorthin, wo der Sand trocken war, rannte, bis die Feuchtigkeit auf meiner Haut verdampft war und das Blut darunter vibrierte, packte mich endlich warm in meine Kleidung ein.

Ich warf einen letzten Blick auf das Meer und begriff, dass jede Ordnung vorübergehend ist, dass immer etwas Neues kommen würde, etwas, das erst Gestalt gewinnen musste, bevor ich seine Struktur erkennen würde.

Ich wandte mich vom Strand ab, ging den Weg zurück nach Süderlenau, fiel in einen langsamen Trott, joggte mit ruhigem Atem. Der Wind trieb die Blätter in die Höhe. Ich würde mich nicht kraftlos herumwirbeln lassen. Man musste die letzten Gründe der Luftbewegungen nicht kennen, um segeln zu können. Margot wollte das Grundeinkommen für Süderlenau. Sie wusste warum: Ein Grundeinkommen hätte ihr für sich und die Schwester andere Möglichkeiten geboten als die Wahl zwischen Abhängigkeit und Prostitution.

Ich würde für Margot streiten und für ihr Recht auf Würde. Was hätte ich sonst anfangen sollen mit dieser verzweifelten Energie?

Mit verzweifelter Energie peitschte ich den Chor durch die Probe. Ich hatte den Abend mit den Worten eröffnet:

»Ich bin einverstanden, mich mit dem Chor und mit meinem Musikstück für das Grundeinkommen zu engagieren, sofern sämtliche Mitglieder des Chors dies befürworten.«

Alle hatten applaudiert und gelacht.

»Klasse, Katharina!«, hatte Patrick gerufen. Ich fühlte mich, wie der Entdecker elektrischer Impulse im zuckenden Froschschenkel sich beim Anblick von elektrisch erzeugtem Licht hätte fühlen können: Eben noch war meine Musik nichts als vergehendes Spiel gewesen. Nun gewann sie Substanz als Teil des politischen Kampfes für die Sicherung unserer Existenz und unserer Freiheitsrechte.

Mit neuem Ernst warf ich mich in meine Aufgaben, bis als erste die beiden Schülerinnen protestierten: »Spaß darf das Singen aber immer noch machen, oder?«

Nach Ende der üblichen Probenzeit wollte niemand gehen. Wir standen und plauderten über das Grundeinkommen, unser Musikstück, was wir sonst noch tun könnten. Einer der Männer lief und besorgte eine Kiste Bier vom Spätkauf.

»Ein Monat – das ist nicht viel Zeit«, stellte Patrick fest. »Wir sollten eine Flugblattaktion starten, um alle, die Lust haben, aktiv zu werden, zusammenzutrommeln.«

»Wir könnten eine Demonstration anmelden – dann steigen wir mit einem konkreten Vorhaben in die politische Arbeit ein«, meinte eine.

»Wir sollten erstmal inhaltliche Schwerpunkte setzen, uns theoretisch bilden: Grundeinkommen und Demokratie, Grundeinkommen in der Geschichte und so was«, widersprach eine andere.

»Ich wollte für das Grundeinkommen singen – mehr eigentlich nicht«, bekannte jemand.

»Das lässt sich alles miteinander verbinden«, rief Patrick. Am Ende fasste er das Ergebnis des Abends zusammen:

»Also: Nora schreibt morgen ein Flugblatt und lädt zu einem Treffen am kommenden Donnerstag nach der Probe ein.

Wir werden für das Treffen einige Referate vorbereiten, mit denen wir in die Diskussion einsteigen. Außerdem werden wir nächste Woche die Demo vorbereiten. Wir müssen Transparente und Plakate malen.

Sanne, Petra, Maren besorgen für Donnerstag Farben und Pinsel, Karin organisiert weißen Stoff für die Transparente, Georg bringt Pappe mit und ich die Stöcke. Vielleicht haben einige auch noch brauchbare Reste von der Novacrem Demo im Haus.« Alle lachten.

»Das waren noch Zeiten!«

»Gut!«, rief Patrick. »Nora gibt mir morgen ihren Entwurf für das Flugblatt, ich gehe kopieren, und ihr könnt die Dinger dann bei mir im Garten abholen. Denkt bitte an einen Kostenbeitrag! Ich kriege Stütze und bin Ein-Euro-Jobber. Noch gibt es kein anständiges Grundeinkommen.«

Wieder lachten wir.

»Wer meldet eigentlich die Demo an?«, fragte einer.

»Gute Frage. Das sollte jemand machen, der sich notfalls gegen Wede durchsetzen kann.«

»Silvia«, fiel mir ein. »Ich frage morgen meine Kollegin Silvia.« Die beiden Mädchen kicherten.

Patrick und Nora begleiteten mich nach Hause. Wir hatten über die Ereignisse des Abends zu schwatzen. Ich war ein wenig verwirrt. Plötzlich war ich mittendrin in etwas. Was auch immer dieses »Etwas« war – das »Mittendrin« war für sich genommen verwirrend genug.

Es war spät, als ich meine Wohnung betrat. Trotzdem setzte ich mich noch an das Klavier zu meinem stummen Spiel.

Nora hatte immer mal wieder einen Seitenblick auf Patrick geworfen, das war mir aufgefallen – ihm sicher auch, aber er hatte getan, als merke er nichts.

Einiges würde sich in der kommenden Zeit verändern, soviel dämmerte mir.

Die Vorstellung, mich am nächsten Morgen im Dreiviertelstundentakt vor den Gruppen der Schülerinnen und Schüler zu verausgaben, war mir fremder denn je.

Die Versammlung am folgenden Donnerstag übertraf unsere Erwartungen wie unsere Kapazitäten bei weitem. Noch während wir sangen, drängte die Süderlenauer Bevölkerung in den großen Veranstaltungsraum unserer Schule, der von Aula bis Mensa alle Funktionen zu erfüllen hatte, für die ein Klassenzimmer nicht ausreichte. Die Besucherinnen und Besucher ließen sich an den Tischen nieder, wobei sie uns mit neugierigen Blicken bedachten. Während die letzten Töne ausschwangen, setzte lebhafter Applaus ein. Der Saal war bereits überfüllt, von draußen schoben weitere Menschen nach.

Patrick stand außen rechts in unserem Halbrund. Er hatte mit dem Ende unseres Gesangs die Arme sinken lassen und sah beinahe blöde aus mit hängendem Kiefer und stierem Blick. Ich hörte, wie er flüsterte: »Du meine Güte, was tun wir bloß!« Mir war selbst nicht geheuer angesichts der stetig strömenden Masse. Ich dachte daran, dass es zu den Schulfesten immer schwierig war, sich aus dem Café zurück ins Freie zu drängeln. Der Ansturm heute übertraf die Besuchszahlen unserer Feste um ein Vielfaches.

»Gut!« Ich sah, wie ein Entschluss Patrick in die Aufrechte zog. Ein Mensch, aufgespannt zwischen Himmel und Erde, dachte ich. Ich suchte in Noras Gesicht nach einem Spiegel meiner Gefühle, doch Nora hatte mit schmalen Augen das Nadelöhr im Visier, die Eingangstür, das Drängen und Schieben der Masse.

Mit kraftvollen Schritten stellte Patrick sich in unsere Mitte und rief: »Auf der heutigen Veranstaltung suchen wir Mitstreiter für das Grundeinkommen in Süderlenau. Wir werden nun mit Themenlisten herumgehen und bitten Sie, sich für die Mitarbeit in einer Arbeitsgruppe zu entscheiden. Für diejenigen, die unverbindlich vorbeischauen wollten, um zu erfahren, was wir vorhaben und was das Grundeinkommen für Süderlenau bedeuten könnte, werden in den kommenden Tagen weitere Veranstaltungen stattfinden.«

Er drehte sich nach den Sängerinnen und Sängern um, die wie ich größtenteils tatenlos auf dem Podest stehengeblieben waren. Seine Pupillen hetzten zwischen uns und der anschwellenden Menge hin und her. »Los, Katharina und ein paar andere zur Tür! Ohne Unterschrift kommt keiner mehr rein. Drängt sie weit genug zurück, dass die Tür zum Saal frei wird. Außerdem brauche ich ein paar Freiwillige, um die Leute hier drinnen zu nötigen, sich für eine AG einzutragen. Wer nicht will, soll gehen.«

Die Lehrerin in mir wurde aktiv. Sie war in meinem inneren Ensemble die Einzige, die in vielen Berufsjahren gelernt hatte, in Gefahrensituationen verantwortlich zu reagieren. Ich war nur froh, dass sie so spät am Abend noch verfügbar war.

»Bring mir die Listen!«, warf ich zu Nora hinüber und eilte zur Tür, schnell, in absehbarer Zeit wäre kein Durchkommen mehr gewesen.

Mit ausgebreiteten Armen baute ich mich am Eingang auf. Ich setzte die Stimmstütze ein und ließ den Bauchraum mitschwingen. »Einige der Anwesenden wollen den Raum verlassen. Bitte treten Sie ein wenig zurück. Wer entschieden ist mitzuarbeiten, wartet einen Augenblick, bis sich der Saal geleert hat.«

Nora kam mit den Listen. »Eine Massenbewegung«, flüsterte sie. »Wer rechnet mit so etwas in Süderlenau. Wenn wir das bloß in den Griff bekommen, bevor jemand in Panik gerät in dem Gedränge.«

»Patrick hat das doch prima hingekriegt.«

Ich grinste sie an, während sie sich schon umdrehte, um die Leute an den Tischen zum Aufbruch zu ermuntern.

Der Pulk lockerte sich merklich. Die Menschen, die sich bereits niedergelassen hatten, waren in Unruhe geraten, eine gemächliche Flucht vor den gezückten Kugelschreibern setzte ein.

Unsere beiden Chormädchen hatten am Eingang einen Tisch aufgebaut, auf denen wir unsere Listen auslegten und zum Einlass in unsere Veranstaltung eine Vorab-Unterschrift für eine AG forderten. Kathrin Kienzle, die Mutter von Maja, hatte sich durch den Eingang gedrängelt und trug sich ohne Zögern in der Rubrik: »Grundeinkommen und das Sozialsystem« ein. Sie wich meinem Blick aus, als er dem ihren begegnete, rang sich jedoch kurz darauf eine Stellungnahme ab, die mich überraschte: »Eigentlich habe ich immer darunter gelitten, in einem verqueren System das Falsche für richtig halten zu müssen«, sagte sie. Sie lächelte unsicher: »Nach der Ansprache von Frau Krause auf dem Bahnhofsvorplatz hatte ich ein Gespräch mit der Klassenlehrerin meiner Tochter. Das hat mir zu denken gegeben.«

Mir fiel ein, dass Silvia im Sommer die 6b übernommen hatte.

»Verstehe. Die AG zum Sozialsystem wird von Herrn Giebel geleitet. Er steht dort drüben.« Ich wies auf Patrick, der oben auf dem Podest das Mikrofon installierte, das ich bereitgestellt hatte. Kathrin atmete aus.

»In Ordnung«, sagte sie.

Ebenso unerwartet traf ich Hilmar, allerdings auf dem Rückzug.

»Ich wollte mir ein Bild verschaffen«, erklärte er vage. »Aber da bin ich, scheint's, auf der falschen Veranstaltung. Dass du hier bist! Ich habe übrigens mit Vater über die Problematik gesprochen – das Grundeinkommen und was daraus folgt. Vielleicht können wir ein andermal miteinander reden? Du bist doch nicht nur meine Schwester, du bist auch Heidruns Freundin – warst es zumindest.«

Ich blinzelte verwirrt, bis er mit seinem Mittelfinger über meine Stirn und zwischen meine Brauen strich, wo sich, so vermutete ich, meine Haut in Falten gelegt hatte.

»Im Klartext: Hast du morgen Abend Zeit für mich?«

Ich nickte.

»Gut, ich bin gegen zwanzig Uhr bei dir.«

Er trat in das verbliebene, sanft gen Ausgang plätschernde Bächlein Menschen und ließ sich aus dem Saal schwemmen.

Das Mikrofon war installiert. Patrick stand vorne, winkte die Referenten zu sich.

Er selbst sprach als Erster: »Wir haben zu dem heutigen Treffen eingeladen, weil wir dafür sind, das von Margot Krause gestiftete Grundeinkommen für Süderlenau anzunehmen. Wir sind der Meinung, dass ein Grundeinkommen eine wesentliche Verbesserung für das Zusammenleben und die Situation jedes Einzelnen bedeutet.

Wir alle wissen, dass Britta Sanddorn, die Inhaberin von Novacrem, anderer Ansicht ist. Sie befürchtet, dass wir mit dem Grundeinkommen eine kurze Zeit im Schlaraffenland leben werden, langfristig jedoch die Wirtschaft Süderlenaus gefährden. Ich stimme ihr darin zu, dass ein Grundeinkommen mehr bedeutet als ein freundliches Geschenk, für das man nichts zu tun hat, als danke zu sagen. Ein Grundeinkommen bedeutet einen Wandel unserer Vorstellungen vom Menschsein in der Gemeinschaft. Erstmals in der Geschichte der Menschheit wäre die Teilhabe an der Arbeitswelt eine freie Entscheidung jedes Einzelnen, motiviert zum Beispiel durch den Wunsch nach Mitgestaltung, sinnvoller Betätigung, gemeinsamem Schaffen, einem Mehr an Verdienst und Konsum. Die Folge muss eine neu und anders organisierte Wirtschaft, eine Neubewertung von produktiver, reproduktiver, sozialer und kultureller Tätigkeit sein.

Britta Sanddorn hat recht mit ihrer Befürchtung: Wenn wir in dem althergebrachten System verharren, riskieren wir mit dem Grundeinkommen auf lange Sicht den Wohlstand von Süderlenau. Ich bin allerdings überzeugt, dass eben dieses System ohnehin und hoffnungslos veraltet ist. Die Trennung von Existenzsicherung und Arbeit ist ebenso notwendig, wie es unumgänglich ist, sich dem Zwang zu stetem Wirtschaftswachstum zu entziehen. Ich werbe für ein neues Gesellschafts- und Wirtschaftsmodell mit einem Grundeinkommen als bedingungslose Existenzsicherung für jeden. Das Grundeinkommen einzuführen lohnt nur, wenn wir es auch langfristig aufrechterhalten, das heißt, es aus eigenen Mitteln erwirtschaften können.«

Der Applaus nach Patricks Worten war verhalten. Ich erforschte die Gesichter im Saal, sah Stirnrunzeln, verengte Augen, hörte im Geraune der Leute Irritation und Widerspruch.

Marita, die das Referat »Grundeinkommen in der Geschichte« übernommen hatte, eilte ans Mikrofon und hob beschwichtigend die Hände.

»Wir hatten bisher wenig Zeit, uns abzustimmen, und nun erst wird deutlich, dass wir von unterschiedlichen Positionen her zu unserem gemeinsamen Anliegen gekommen sind. Einig sind wir darin, dass wir Frau Krauses Angebot annehmen wollen. Aber nur eine Minderheit von uns will wie Patrick die Wirtschaft revolutionieren. Es gibt andere Möglichkeiten, die Stabilität der Ökonomie zu gewährleisten.

Möglich wäre eine Selbstverpflichtung der Belegschaft von Novacrem, weiterhin für den bisherigen Lohn zu arbeiten. Im Gegenzug verpflichtet sich Frau Sanddorn, dem Grundeinkommen zuzustimmen, das den Arbeitern dann als zusätzliches Einkommen zur Verfügung stünde –«

Ein junger Mann im Saal rief erregt dazwischen: »Ich höre wohl nicht richtig! Frau Sanddorn hat in der Abstimmung eine Stimme – wie jeder von uns. Ich habe es nicht nötig, ihr Einverständnis mit Billiglohnarbeit zu erschmeicheln.«

Marita blieb ruhig. »Gegebenenfalls lehnt die gewählte Stadtvertretung auch gegen einen positiven Volksentscheid das Grundeinkommen ab. Für Bürgermeister Wede wird es von großer Bedeutung sein, wie die Geschäftsführung des personalintensivsten und finanzkräftigsten Unternehmens von Süderlenau zu Krauses Angebot steht. Wie wir wissen, hängt die Abwanderung von Novacrem seit längerem wie ein Damoklesschwert über uns.«

Zustimmung im Saal, Unruhe in der Gruppe um den jungen Zwischenrufer, in der sich nun ein Mann mittleren Alters mit wildem Lockenkopf zu Wort meldete. Patrick bedeutete ihm, nach vorn zu kommen. Er schob sich ungelenk zwischen den Tischen hindurch, stieg die drei Stufen hinauf auf das Podium. Breit und massig stand er dort, näherte vorsichtig seinen Mund dem Mikrofon.

»Hallo …« Er horchte dem Nachklang seiner verfremdeten Stimme hinterher. »Ich hab noch nie in so ein Ding gesprochen. Jetzt ist es mal soweit: Wir wollen gehört werden – meine Kollegen und ich.« Er wies mit seiner linken Hand zaghaft dorthin, wo seine Leute saßen, als könne er sie mit dieser Geste zu sich auf das Podest holen.

»Wir wollen das Grundeinkommen, denn wir wollen endlich weg von Novacrem. So sieht's aus. Wenn ich das Grundeinkommen habe, brauche ich die sechs Euro nicht mehr, die ich für eine Stunde Maloche kriege. Brutto!

Ich weiß auch schon, was ich machen werde, wenn es soweit ist: Ich will was an unserer Gartenlaube werkeln und Zeit mit den Kindern verbringen. Außerdem sehe ich mich nach einer Qualifizierungsmaßnahme um! Frau Sanddorn sieht mich in ihrem Laden nicht wieder, da liegt sie richtig. Auf Deutsch: Ich werde mich nicht verpflichten, mich weiter für Novacrem krummzulegen. Was soll denn das heißen, der Wohlstand von Süderlenau ist gefährdet! Zahlt Frau Sanddorn zurzeit mal wieder Steuern?«

Gelächter unter den Zuhörenden.

»Ich bin übrigens Oliver«, stellte sich der Mann mit neuem Schwung vor, »und gerade sehe ich mit Staunen, dass Per nach vorne kommt. Per, sag bloß, du bist für das Grundeinkommen?«

Der hagere kleine Mann, den Oliver Per genannt hatte, streckte die Hand nach dem Mikrofon aus.

»Auf jeden Fall bin ich jetzt auf der Redeliste«, erklärte er. »Also, lass mich mal ran da.«

Lachen, während Oliver sich widerstrebend von dem Mikro trennte und einige Schritte zur Seite trat. Per bog die Halterung am Stativ fachmännisch zu sich herunter.

»Ich bin Gewerkschafter«, erklärte er.

Ich hörte, wie Patrick leise »Ach so«, murmelte.

»Oliver will wissen, ob ich für das Grundeinkommen bin, und ich sage ganz klar: Ich weiß es nicht. Im Gegensatz zu Oliver ist mir die Zukunft von Novacrem Süderlenau nicht egal. Stimmt schon, das Unternehmen zahlt kaum noch Steuern, aber Britta Sanddorn fördert aus freien Stücken Kultur und Bildung in der Stadt – wenn man sie lässt«, fügte er hinzu und ergänzte: »Ich erinnere daran, dass diese Schule einen Musikpavillon haben könnte.«

»Wenn der Rektor kein Prinzipienreiter wäre!«, rief einer.

Ich sah mich um. Silvia war nicht da, auch sonst niemand aus dem Kollegium. Es blieb an mir hängen, Burkhardt in Schutz zu nehmen. Meine Ohren brausten, und mein Herz hämmerte, während meine Stimme rief: »Er ist ein Demokrat, kein Prinzipienreiter!«

»Wie auch immer«, fuhr Per ungerührt fort, »Novacrem versorgt ein Viertel der Bevölkerung von Süderlenau mittelbar oder unmittelbar mit Lohn und Brot.«

Er hielt Oliver, der näher kam, um ins Mikro zu rufen, mit der ausgestreckten Hand auf Abstand und ergänzte:

»Es ist ein kümmerlicher Lohn, und ich wünsche Oliver Erfolg bei seiner Weiterbildung und der Suche nach einem besseren und besser bezahlten Job, aber die Jobs liegen nicht auf der Straße, vor allem nicht hier in Süderlenau. Womöglich wird Oliver, wenn Krauses Milliarde aufgezehrt ist, sein Glück in der Hauptstadt oder anderswo suchen müssen, und er wird nicht der Einzige sein.

Ich frage euch, was wird mit Bäcker Nansen und Schlachter Jonas, wenn ein Viertel ihrer Kundschaft den Ort verlässt?«

»Dann soll Frau Sanddorn uns bessere Löhne zahlen!«, rief einer aus Olivers Clique. »Dann bleiben wir vielleicht.«

Per schüttelte den Kopf: »Umgekehrt wird ein Schuh

draus, Kollegen! Novacrem wird Süderlenau verlassen oder Konkurs anmelden müssen. Wie viel Lohn wollt ihr? Zehn Euro in der Stunde ist das Mindeste, das uns zustehen sollte. Was heißt das, Kollegen? Das heißt, Novacrem zahlt seinen Arbeitern vier Euro pro Stunde mehr als die Konkurrenz. Das muss auf die Preise aufgeschlagen werden, aber wer kauft die Waren für diesen Preis? Mit anderen Worten, Novacrem geht pleite oder wird verlagert. So sieht's aus! Also Kollegen! Grundeinkommen? Ja! – mit der Selbstverpflichtung, weiter für sechs Euro arbeiten zu gehen. Tretet in die Gewerkschaft ein! Wir werden stärker und setzen bundesweit Mindestlöhne von sieben, acht Euro durch. – Hej, Oliver, lass das!«

Oliver hatte den schmächtigen Gewerkschafter zur Seite geschoben und das Mikro aus der Halterung gegriffen, das er nun dicht vor seine vollen Lippen hielt.

»Halt den Mund, Per«, flüsterte er. »Den Mist erzählst du uns seit Jahren, während die Löhne in Wahrheit gesunken sind und weiter sinken werden – als wüsstest du das nicht!«

Nora hatte die rechte Hand gehoben, in der sie die Redeliste hielt, den Mund zum Zwischenruf geöffnet. Patrick schüttelte heftig den Kopf, wobei er eindringlich auf sie einredete, bis sie den Mund schloss und mit der Schulter zuckte. Ihre freie Hand ragte tatenlos in den Raum, als wolle sie zugreifen, könne sich jedoch nicht entschließen, dies wirklich zu tun.

»Mag sein«, sagte Oliver, »wir beschließen, weiter für sechs Euro brutto zu malochen. Macht nichts, denken wir, wir haben doch das Grundeinkommen obendrauf. Soll ich dir sagen, Per, was Novacrem macht? Novacrem erhöht die Preise – is' schließlich mehr Kaufkraft in Süderlenau … Eigentlich nicht schlimm – ich will den Kram sowieso nicht haben, den die produzieren. Es wurmt mich nur, wenn immer wir zurückstecken sollen.«

Er sagte das leichthin, ich aber blieb bei dem Bild dieses Wurmes hängen, der in Olivers Magen und Gedärmen Gänge fraß, die sich mit der jahrelang angestauten Wut füllen konnten. Es musste schmerzhaft sein, und es erinnerte mich an mich und meine Eifersucht. Wir Zu-kurz-Gekommenen, dachte ich.

»Egal«, wischte Oliver Wurm und Worte mit einem lässigen Schlenker aus dem Handgelenk in die Bedeutungslosigkeit. »Um die Löhne geht's mir nicht mal.«

Per, der eben noch den Widerhall von Olivers Rede in den Gesichtern der Anwesenden studiert hatte, drehte sich abrupt zu dem Redner um.

»Alles außerhalb von Gehaltsforderungen versteht unser Gewerkschafter nicht«, raunte Patrick mir amüsiert zu.

Oliver stand mittlerweile locker – eine Hand in der Hosentasche, ein Bein leicht eingeknickt ließ er seine Gedanken flüssig ins Mikro strömen.

»Ich werd euch mal 'ne kleine Geschichte erzählen, dann versteht ihr, was ich meine.

In der homöopathischen Abteilung haben wir eine Maschine zu stehen, um Kügelchen in Döschen abzufüllen. Rechts und links an der Maschine befinden sich die beiden Startknöpfe, einer für jede Hand – eine Sicherheitsmaßnahme, damit der Kollege, der daran arbeitet, nicht in den Arbeitslauf eingreifen kann und sich womöglich teure Verletzungen zuzieht. An so was denkt die Firma. Er drückt also seine Knöpfe, die Maschine arbeitet. Da wird nicht nur abgefüllt, da wird auch gedeckelt und etikettiert. Vier Stationen durchläuft jedes Döschen, bevor es aus der Maschine rollt.

Vor zwei Jahren hat eine neue Kollegin bei uns angefangen. Die haben sie an die Maschine gesetzt. An ihrem ersten Arbeitstag stapelten sich neben ihrem Arbeitsplatz mindestens fünfzig Kisten, jede randvoll mit Döschen. Nach jedem Arbeitsschritt musste die Kollegin eines davon herausnehmen. Das kam in die erste Station, dann hat die Kollegin ihre Knöpfe gedrückt. Sie haben die Maschine so hingestellt, dass die Kollegin mit dem Rücken zum Raum saß, Gesicht zur Wand. Hätte sonst womöglich geschwatzt oder ihre Augen sonst wo herumlaufen lassen, statt sich auf die Arbeit zu konzentrieren. Acht Stunden hat sie da gesessen, hat nichts gesehen als die Maschine, die Döschen, die Wand – außer sie musste mal wohin, aber da gucken sie dann auch in der Firma.

Um das auszuhalten, hatte die Kollegin seit ihrem zweiten Arbeitstag außer der Wand auch ein Ziel vor Augen: Sie wollte all die Kisten mit den vielen Döschen in Rekordzeit wegschaffen. Dann, so stellte sie sich vor, hätte sie sich bewährt und eine andere Aufgabe verdient, etwas Neues.

Sie hat sich auf ihre Knöpfe gestürzt, hat richtig geschwitzt, so schnell hat sie sich zu den Döschen gebeugt, wieder und wieder. Nach drei Monaten waren es morgens nur noch vier Kisten, kurz vor Mittag war eine einzige übrig, die letzte.

Ja, und dann kam der Vorarbeiter vorbei. Der hat »Oh« gesagt, und kurz darauf kamen einige kräftige junge Kerls, die haben neue Kisten neben der Maschine gestapelt. Es müssen mehr als hundert gewesen sein. Von der Halle aus haben wir die Kollegin nicht mehr sehen können. Sie war eingemauert.

An dem Abend haben wir zusammen ein Bier getrunken im SAUREN HERING und die Kollegin hat gemeint, die Arbeit fräße ihr die Freude aus dem Leben; sie war richtig geknickt und hat sich einen hinter die Binde gekippt.

Von Natur ist die kein Kind von Traurigkeit. Am nächsten Tag hat sie mir denn auch schon wieder verschmitzt zugezwinkert. Sie hatte einen neuen Plan. Sie wollte es schaffen, die Kisten abzuarbeiten, ohne dass der Vorarbeiter es bemerkte. Sie wollte einen Moment Nichts. Nichts außer der leeren Maschine, die leeren Kisten und ruhige Hände, und dann käme der Höhepunkt: Sie würde aufstehen. Sie würde durch den großen weiten Maschinenraum gehen bis hin zum Lager. Da würde sie stehen, breitbeinig, denke ich mir, und mit eigener Stimme rufen: »Nachschub! Ich habe keine Döschen mehr!«

Mit dem neuen Vorhaben prallten die Gedanken der Kollegin nicht mehr gegen die Weiße der Wand, sie waren beschäftigt, Strategien zu entwickeln, welche Kiste sollte sie als nächstes in Angriff nehmen, wohin mit der leeren Kiste – am besten unter eine volle, sie durfte nur selbst nicht den Überblick verlieren. Tatsächlich gelang es ihr in den nächsten Monaten durch geschicktes Vertauschen von Kisten mit leeren und vollen Döschen zu vertuschen, wie weit sie sich schon vorgearbeitet hatte. Stoisch ertrug sie die Vorwürfe des Vorarbeiters, sie arbeite zu langsam, würde die Zeit verträumen und so weiter. Eines Tages war der Vorrat unbemerkt von der Fabrikaufsicht auf das kritische Maß zusammengeschrumpft – der drohende Mangel an Döschen ließ sich kaum noch verbergen. Die Kollegin bummelte sich zum Feierabend durch. Gewöhnlich kam der Vorarbeiter erst am späten Vormittag zu uns, so dass ihr die frühen Stunden des folgenden Morgens blieben, um in aller Heimlichkeit den Plan zu vollenden.

Sobald Novacrem am nächsten Tag die Tore öffnete, steckte die Kollegin ihre Karte in die Stechuhr. Eifrig setzte sie sich an die Maschine, arbeitete wie im Fieber. Noch eine

Kiste, sie war bald nur noch halb gefüllt, dann blieben zwanzig Döschen, zehn ... drei ... – geschafft! Triumphierend drehte sie sich um. Sie überblickte die weite Fabrikhalle, in der die Kolleginnen und Kollegen an anderen Maschinen saßen oder standen, aus Metallröhren wurden Tuben gefertigt, Salben und Cremes abgefüllt, Daten auf Verpackungen gestanzt. Die Welt breitete sich vor den Augen der Kollegin aus. Sie erhob sich! Sie trat wahrhaftig einen Schritt in die Halle!

»Doch schon fertig«, rief der Vorarbeiter. Der war eben aus dem Lager gekommen und hatte die Lage mit einem Blick erfasst. »Gratuliere! Neue Döschen!«, rief er in den Lagerraum.

»Ich würde gern selbst einige Kisten holen«, wandte meine Kollegin ein. Sie hatte ganz starre Augen bekommen, auch die Arme hatte sie starr angewinkelt. Nur einen kleinen Finger hat sie bewegt, immer hoch und runter. Es war furchtbar, sie so zu sehen, aber der Vorarbeiter begriff nichts. Er lachte; das hat das alles noch entsetzlicher gemacht: »Nein, nein, Sie als Frau – die Kisten sind schwer! Jeder hat seine Aufgabe bei uns. Sie haben Ihre.«

Meine Kollegin ist zurück zur Maschine, hat sich auf den Stuhl gehockt. Sie habe sich so leer gefühlt, hat sie später erzählt, wie ein Kürbis, dem das Fruchtfleisch herausgeschält worden wäre, eine Fratze, die bald anfangen würde, weich zu werden und zu vergammeln. Sie sei nicht mehr als ein Maschinenteilchen, habe sie gedacht, das lebendigste Teilchen der Maschine allerdings und eben darum verzweifelt.

Ja, und dann ist es passiert: Ein leichtes Ruckeln ging durch den kleinen Greifarm, der den Deckel auf der Öffnung der Dose platziert, ein Zittern, der Deckel lag schief, er wackelte und fiel. Beim nächsten Knopfdruck, das war klar, würde die Presse nicht den Deckel treffen, sondern direkt in die Kügelchen hineinfahren und sie zerquetschen. Bestenfalls würden die Kügelchen aus dem Döschen springen und sich überall in der Maschine verteilen.

Notgedrungen hat meine Kollegin ihre Arbeit unterbrechen müssen. Da konnte sie nichts zu – war höhere Gewalt. Ob sie wollte oder nicht, sie musste den weiten Maschinenraum durchqueren, den Vorarbeiter suchen, in den Lagerraum hineinsehen, jeden fragen: »Habt ihr den Herrn Lukas gesehen? Den Vorarbeiter? Mit meiner Maschine ist was nicht in Ordnung.«

Natürlich hätte die Kollegin das Döschen ohne weiteres selbst entfernen und die Kügelchen zusammenfegen können, ist 'ne patente Frau, meine Kollegin, aber aus Sicherheitsgründen war das verboten. Eine halbe Stunde ist sie durch die Fabrikräume geschlendert – hat schon gewusst, wie sie dem Lukas aus dem Weg gehen konnte –, bis sie ihn schließlich fand. Der Lukas hat verwundert den Kopf geschüttelt, war vorher noch nie was gewesen mit der Maschine. Dann hat er die Sache in Ordnung gebracht.

Damit hätte das erledigt sein können – wenn meine Kollegin nicht seitdem besessen gewesen wäre von dem Wunsch, dieses Erlebnis zu wiederholen! Es musste einen Grund gehabt haben, wenn die Maschine, die sonst tadellos funktionierte, mit einem Mal versagte.

Das Einzige an dieser Maschine, das wandelbar ist, bin ich, hat die Kollegin überlegt – meine Hände, der Druck meiner Finger auf den Knöpfen.

Sie begann zu experimentieren: leichter Druck, starker Druck, schneller Druck, langsamer Druck – und sie fand die Lösung: Drückte sie beide Knöpfe exakt gleichzeitig, arbeitete die Maschine glatt und sauber. Drückte sie zunächst den einen und dann den anderen Knopf, passierte gar nichts – Stillstand. Wenn sie aber zunächst den einen drückte, den zweiten den Bruchteil einer Sekunde später, dann ging das ersehnte Ruckeln durch die Maschine, der Greifarm vibrierte, das Deckelchen schuckelte, mit Glück kam es schief auf der Öffnung zu liegen, fiel womöglich, war jedenfalls nicht mehr gerade und einwandfrei in das Döschen zu drücken.

Ein Gefühl von Macht durchströmte meine Kollegin.«

»Was willst du uns mit deinem Geschichtchen nun sagen, Oliver?«, rief Per.

Mich überraschte das Stimmvolumen, das er seinem Körperchen abgewann.

»Was ich damit sagen will? Ganz einfach, Per – dass ich nur dieses eine Leben habe, zumindest gehe ich mal davon aus. Ich bin ein Proll, aber ich bin nicht blöd. Seit dreiundzwanzig Jahren verbringe ich zehn Stunden am Tag damit, Scheiße zu produzieren, und das Schlimme ist, ich weiß, was ich tue. Ich komme nach Hause, und ich sehe, dass meine Frau für ihre Freundin zum Geburtstag eine Gesichtscreme aus der Produktion meiner Firma besorgt hat, so 'ne richtig teure. ›Da is' auch nichts andres drin als in dem billigen Zeug für die Hände‹, sage ich. Ich weiß das, hab nämlich den ganzen Tag damit verbracht, den gleichen Schmierkram in zwei verschiedene Sorten Dosen abzufüllen. So was könnte jedenfalls sein, mal als Beispiel.«

Er griente schlau. »Ohne jemandem übel nachreden zu wollen. Also, wenn das so ist, worauf soll ich dann stolz sein – als Arbeiter, als Mann?«

»Wieso als Mann?«, rief eine Frau.

»Von mir aus als Mensch, egal! Jedenfalls, wie ich gehört habe, was die Krause uns angeboten hat, da war mein erster Gedanke: ›Jetzt kannste leben!‹ Ich hab 'ne kleine Werkstatt in meiner Gartenlaube. Vielleicht schreiner ich 'n bisschen was, Holzspielzeug für Kinder, und verkauf die Sachen auf dem Weihnachtsmarkt. Das würde mir Freude machen. So was eben. Von mir aus, Per, bleibt es bei den fünf Jahren oder so, solange Krauses Geld eben reicht. Kann sein, dann geht die Mühle wieder los, bei Novacrem oder woanders. Kann sein, ich werde arbeitslos. Na und? Fünf Jahre habe ich gelebt.«

Es war still im Saal, in der Gruppe der Kollegen wurde gejubelt. Ich spürte Tränen in mir aufsteigen und wischte unwillig über meine Augen. Blöde Heulerei …

Olivers Erzählung hatte mich gerührt, aber mindestens im gleichen Maße war ich irritiert. Da passte was nicht. Ich erinnerte die ehrfurchtgebietende Szenerie, die ich in meiner Kindheit durch das obere der Fabrikfenster erblickt hatte – auch damals waren die Menschen klein gewesen. Aber sie waren Teil von etwas Gewaltigem, geradezu Grandiosem. In Olivers Erzählung war das geschrumpft. Die Halle selbst schien mir viel kleiner zu sein, auch die Maschinen mussten kleiner sein, als ich sie in Erinnerung hatte – wie hätte ein einzelner Mensch sie sonst mit zwei Fingern betätigen können.

Seit damals hatte sich einiges geändert, auch bei Novacrem, dachte ich. Die Produktion war mehrfach umgestellt worden. Vor ein paar Jahren hatten sie in das Hauptgebäude ein zweites Stockwerk eingezogen. Lag es daran, dass die Fabrik nun so erbärmlich auf mich wirkte?

Schwer atmend war Oliver zurückgetreten. Nora checkte eben ihre Liste, da war Patrick bereits behände aufs Podium gesprungen und hatte sich von Oliver das Mikro geben lassen.

»Das Krähen der Gockel«, murrte Nora leise, »kann ich mir die Liste auch sparen und die Redegerechtigkeit.«

»Ich bin froh über die Auseinandersetzung, die hier gerade stattfindet«, stellte Patrick fest. »Aus meiner Sicht ist deutlich geworden, dass unser Wirtschaftssystem nicht länger tragbar ist. Kollege Per, der Gewerkschafter, will Verbesserungen und verfängt sich im Netz des Systems: Setzt er höhere Löhne durch, riskiert er, dass Novacrem den Standort Süderlenau aufgibt und abwandert, notfalls ins Ausland. Mit anderen Worten, er gefährdet die Arbeitsplätze. In dieser Hinsicht hat sich nichts geändert seit den Zeiten, in denen Gerhard Hauptmanns Tuchfabrikant Dreißiger die schlesischen Weber hungern ließ. Innerhalb des Systems gibt es keinen Ausstieg!

Wir haben mit der großzügigen Starthilfe von Margot Krause die Chance, etwas ganz Neues zu versuchen, uns der Vision einer wahrhaft freien Gesellschaft zu nähern, in der Arbeit Sinn ergibt.«

Marita wedelte aufgeregt mit dem Arm. Nora nickte ihr bestätigend zu. Patrick winkte ab:

»Ebenso dankbar bin ich über den Einwand von Marita. Sie hat recht! Mir war nicht in den Sinn gekommen, dass jemand aus anderen Beweggründen als meinen Margots Angebot befürworten könnte.«

Er schüttelte wie in Verwunderung über sich selbst den Kopf, bevor er fortfuhr: »Ich schlage vor, da wir hinsichtlich unseres Nahziels, nämlich Frau Krauses Angebot an Süderlenau anzunehmen, einig sind, sollten wir gemeinsam daran arbeiten, ein positives Abstimmungsergebnis am Ende der Monatsfrist zu erzielen. Ab dem Tag, an dem das Grundeinkommen beschlossene Sache ist, beginnt dann unsere Auseinandersetzung! Was meinst du, Marita?«

Ich war froh, als Marita sein Lächeln erwiderte und die Diskussion vorerst beendet war. Ich hatte keine Meinung zu all dem, neigte nur aus freundschaftlicher Verbundenheit Patrick zu, umso mehr, da ich vermutete, Silvia würde ihm zustimmen. – Silvia, die an diesem Abend wieder nicht anwesend war.

»Lärm und Gedränge, das habe ich auf Arbeit mehr als ausreichend«, hatte sie abgewehrt. »Wenn ich die gute Sache mit friedlicher Tätigkeit innerhalb meiner vier Wände voranbringen kann, bin ich dabei. Und selbstverständlich werde ich unsere Demo anmelden.«

Ich würde mich bei Silvia informieren, was von dem Konflikt zwischen Marita und Patrick, Per und Oliver zu halten war.

Die Leute begannen auf den Stühlen herumzurutschen, kaum einer wirkte interessiert, sich nun noch unsere Referate anzuhören. Jemand fragte, wie wir demnächst mit der interessierten Öffentlichkeit in Kontakt treten sollten. Nora bot an, einen Artikel über uns im *Süderlenauer Boten* zu veröffentlichen. Sanne, Petra, Maren und Karin stellten sich mit Stoffen und Farbeimern nach vorne.

»Wird Zeit, dass wir was Praktisches machen«, sagte Karin ins Mikrofon. »Wer Lust hat, Plakate zu malen, bleibt. Alle anderen sehen wir in den Arbeitsgruppen oder spätestens zur Demo.«

Die Stühle scharrten über den Boden. Stimmengewirr setzte ein.

Silvia und ich hatten uns, umrauscht von Stimmengewirr, im Lehrerzimmer eine Insel erschaffen, auf der wir uns ausschließlich aufeinander konzentrierten.

»Burkhardt will dich sprechen«, sagte sie. Und: »Ich mache mir Sorgen um Michael.«

»Was ist mit ihm?«

»Tja, wie sagt man das bei einem Alkoholiker? Er ist aus dem Rausch gefallen. Er trinkt seinen Pegel und sieht trotzdem klar. Er sagt, ich liebe ihn nicht mehr.«

»Seit wann begreift er das?«

Sie schürzte die Lippen.

»Seit unserem Ausflug – oder seit er von dem Grundeinkommen gehört hat. Er spricht viel über das Grundeinkommen.«

»Katharina?«

Burkhardt brach von der Tür her lautstark in unsere Zweisamkeit ein.

»Ich muss dich sprechen.«

»Jetzt?«

»Sobald du Zeit hast, und da die 3c zum Wandertag ist ...« – gab es keine Ausrede.

Widerwillig erhob ich mich, während Silvias Augen zwischen Burkhardt und mir hin und her wanderten, unsere Gesichter musterten, Ohrläppchen und Nasen verglichen, als wären diese Forschungsobjekte von außergewöhnlicher Bedeutung. Seit sie erfahren hatte, dass Margot meine Mutter war, hatte sie sich Flausen in den Kopf gesetzt.

»Ihr seht euch ähnlich«, behauptete sie nun. »Es ist mehr als das Leuchten in den Augen.«

»So ein Unsinn«, zischte ich und hätte gern lauter und ausführlicher gekontert, hätte Burkhardt nicht immer noch wartend in der Tür gestanden. Ich beließ es bei einem Schnauben und folgte dem Rektor in sein Büro. Er setzte sich hinter seinen Schreibtisch, lud mich mit einer knappen Handbewegung ein, ihm gegenüber Platz zu nehmen, verknotete die Finger und verkrampfte die Mundwinkel zu einem Lächeln.

»Ich mach's kurz«, sagte er. »Katharina, es geht nicht, dass du politische Treffen in der Aula der Schule abhältst.«

Wenn das alles war – ich lächelte erleichtert und willfährig.

Hastig fügte Burkhardt hinzu: »Ich bedaure es – persönlich habe ich nichts dagegen, im Gegenteil. Aber Schule muss politisch neutral bleiben.«

Er wartete.

»Gut.« Ich erhob mich, froh, der unerwünschten Nähe schnell wieder entkommen zu können, indessen Burkhardt, von meinem Aufbruch überrumpelt, das Gespräch fortführte.

»Ihr könntet in der ATEMPAUSE nachfragen«, schlug er vor, »oder im SAUREN HERING. Im Übrigen werde ich selbstverständlich zu der Demonstration kommen.«

»Du bist willkommen.«

Ich nickte beflissen und trat schon mal unauffällig den Rückzug an. Wenn einer, der immer dein Rektor war, unvermittelt dein Bruder zu werden droht, kann das ziemlich verunsichern.

Bedeutet es etwas, von denselben Menschen abzustammen? Ist Blut dicker als Wasser? Ist Geschwisterlichkeit angeboren? Gibt es eine natürliche Sorge um Träger ähnlichen Erbgutes?

Silvia hielt das für Unsinn.

»Wir sind auf einer höheren Ebene angekommen«, behauptete sie. »Sonst hätten wir weder Verhütung noch Sozialversicherung erfunden. Was heute zählt, sind freie und gewachsene Beziehungen – Offenheit für eine solidarische Welt.«

Silvia war stets vernünftig. Mich hingegen trennte nur eine Membran nicht dicker als ein Jungfernhäutchen von dem Schlund unerforschter Antriebe. Jede Gefühlsregung, die mich aus diesen Tiefen ergriff, warf mein kultiviertes Ich aus dem Gleichgewicht.

Dennoch beruhigte mich Silvias Antwort. So betrachtet – was machte es schon, ob Burkhardt mir ähnlich sah.

Wie verabredet klingelte Hilmar am Abend an meiner Tür.

»Das letzte Mal war ich auf deiner Einzugsfeier hier«, stellte er fest. Ich nickte. Dreizehn Jahre lag das zurück.

»Ich habe diese Tapeten geklebt«, erinnerte er sich. »Und diesen Sessel habe ich die Treppen hinaufgetragen.«

Er setzte sich.

»Möchtest du einen Tee?«

Ich holte Becher, zwei Beutel Früchtetee und den Wasserkocher aus der Küche und stöpselte letzteren in die Steckdose.

»Du engagierst dich für das Grundeinkommen«, stellte er fest. Ich horchte nach den ersten Dampfmolekülen, die sich an die Wasseroberfläche schlängelten.

»Ich habe mit Vater darüber gesprochen. Er ist stolz auf seinen Beruf gewesen. ›Wer wäre ich, wenn ich nicht Zahnarzt wäre?‹, hat er gefragt. Er ist Zahnarzt geblieben, obwohl er seit mehr als einem Jahrzehnt nicht mehr praktiziert.«

»Womöglich wäre er mehr Vater gewesen.« Der Kocher stand nun so weit unter Dampf, dass es zu brodeln begann. »Mutter hätte sich über mehr Ehemann gefreut und Oma über mehr Sohn. Mag sein, Frau Kleborn hätte die Arbeit verloren.«

»Frau Kleborn?«

»Omas mobile Pflege!« Der Wasserkocher schaltete sich aus.

»Vater war immer stolz auf die gepflegten Gebisse von Süderlenau.«

Wir mussten beide lachen. Die Beutel zogen rote Fäden im siedenden Wasser. Hilmar redete.

»Vater hat die Familie finanziert. Er hat sich als Vater und Ehemann gefühlt, wenn er den Spiegel in fremde Münder steckte. Auf seinem Schreibtisch standen Fotos von Mutter und von uns Kindern.«

»Von mir?«

»Sicher von dir – hast du die Bilder nie gesehen?«

Hatte ich nicht. Ich war nie im Büro gewesen, hatte lediglich mit angespannten Muskeln in dem schwarzen Stuhl gelegen, den mein Zahnarztvater im fremden weißen Kittel auf eine angenehme Behandlungshöhe pumpte. Es hatte nach Desinfektionsmitteln gerochen, daran erinnerte ich mich.

Bei Hilmar war das anders – er war der Nachfolger, immer schon. Hilmar hatte in den Ferien die Bohrer gereinigt und war Vater zur Hand gegangen. Im Büro hatte er sein erstes Selbstverdientes erhalten.

»Ich verstehe Vater gut. Welchen Nutzen habe ich für Heidrun, wenn sie mein Geld nicht braucht? Wer bin ich, wenn ich kein Zahnarzt bin? Bei dem bloßen Gedanken löse ich mich auf. Es macht mir richtig Angst.«

Ich sah es in seinen Augen flackern.

Wie ähnlich wir uns sind, dachte ich. Es war Jahre her, dass wir uns mit der geklauten Schokolade aus Vaters Schreibtischschublade unter der Treppe versteckt hatten. In diesem Moment erinnerte ich mich daran. Voller Angst und Gier hatten wir das Papier aufgerissen und die Süßigkeit verschlungen. Ich spürte wieder die grundlose Traurigkeit, die ich in meiner Kindheit für das normale Lebensgefühl gehalten hatte, die Erleichterung, die ich erlebte, wann immer Hilmar bei mir war.

»Du solltest wissen«, sagte ich, »dass du der wichtigste Mensch für mich warst, lange bevor du Zahnarzt wurdest.«

Er starrte mich an. »Ach ja?«

Wir mögen das beide nicht: herumsitzen mit schwirrenden Gehörknöchelchen, die verlegen machen, sobald das Hirn ihre Bewegungen dekodiert.

»Ich werd denn mal.« Hilmar stand auf. Er zögerte, griff nach dem Teebecher, der noch unberührt war. Er trank den Becher in einem Zug leer. Der Beutel flutschte gegen seine Nase.

»Sehr gut, der Tee!« Er räusperte sich.

An der Tür nahm er mich in den Arm, tappte einige Male auf meine Schulter. Dann war er fort.

Die Wohnung blieb leer zurück, nur ich und der Sessel, den mein Bruder vor dreizehn Jahren vier Treppen hochgetragen hatte. Ich setzte mich hinein und lehnte mich tief in die Polster.

Am Samstagvormittag rief ich Patrick an und teilte ihm mit, dass wir einen neuen Raum für unsere Treffen brauchten. Der Chor könne selbstverständlich weiterhin in der Aula proben, beruhigte ich ihn.

»Ich sehe mich um«, versprach er. »Is 'n Grund, mal wieder ein gepflegtes Bier trinken zu gehen und unter Leute zu kommen.«

Am Sonntag spazierte ich zu seinem Grundstück.

»Auf so einer Kneipentour erfährt man einiges«, erzählte er am Gartenzaun. »Im SAUREN HERING hockten die Leute von Novacrem. Britta hat Oliver Mus gekündigt – dem Mann, der am Donnerstag in der Aula geredet hat.«

»Mit welcher Begründung?«

Mit der rasanten Globalisierung der Wirtschaft hatte sich in den vergangenen Jahren einiges im Arbeitsrecht verschlechtert, aber soweit ich mich erinnerte, gab es immer noch einen Kündigungsschutz in Süderlenau.

»Wegen betriebsschädigenden Verhaltens. Jemand muss ihr von unserem Treffen erzählt haben. Britta Sanddorn behauptet, er habe öffentlich Betriebsgeheimnisse verraten. Das Eintreten für das Grundeinkommen wertet sie als Angriff auf Novacrem.«

»Meinungsfreiheit?«, brachte ich hervor.

»Er wird die Kündigung anfechten.« Patrick verengte die Augen. »Mal sehen, was dabei herauskommt. Nora schreibt an einem Bericht. Im Gedärm von Novacrem, dort, wo die Arbeiter untergebracht sind, rumort es. Sie rechnen fest auf das Grundeinkommen, darum haben sie keine Angst vor der Kündigung. Im SAUREN HERING war es wie Mobilmachung zum Rachefeldzug.«

Unerwartet schmerzten mich Brittas vierzig Jahre alte Tritte auf dem Schulhof. Doch der Schmerz machte mich nicht hilflos wie damals. Ich war wütend.

»Jemand muss Britta in die Schranken weisen.«

»Schon.« Patrick schüttelte sich. »Sie waren nur so – außer sich.«

Er lachte. »Dann habe ich noch einen komischen Vogel kennengelernt. Der saß mit seinem Pfefferminztee allein an einem Tisch, hat zu uns rübergestarrt. ›Was is'?‹ hab ich gefragt. Er war angetrunken, trotz Tee. ›Was wollt ihr mit dem Grundeinkommen?‹, hat er genörgelt. ›Was soll das ändern?‹ Erst dachte ich, lass ihn, der ist betrunken. Aber dann hab ich gemerkt, nee, der Junge will was. Vielleicht bin ich durch den Pfefferminztee darauf gekommen, vielleicht war es sein Tonfall – ich weiß nicht. Jedenfalls habe ich mich zu ihm gesetzt und ihm von meinen Skulpturen erzählt und dass ich das für eine wichtige Arbeit halte, wichtiger als den gutbezahlten PR-Job, den ich bei Novacrem hatte. Der Typ hat mir zugehört. Ich war perplex. Soviel Interesse für meine Arbeit ...«

Patricks Gesichtsmuskeln flatterten für den Augenblick, in dem ich begriff, dass er unter dem Mangel an Anerkennung, den er erfuhr, mehr litt, als er zeigte.

»Nachher kommt er vorbei.« Patrick gab sich keine Mühe, sein Strahlen zu verbergen. »Er sagt, er hat Ahnung von Gestaltung – Stein vor allem. Ich bin gespannt.«

»Viel Spaß!« Ich freute mich für ihn.

»Danke! Ach ja, wir können uns künftig im SAUREN HERING treffen. Der Raucherraum ist meistens leer. Die Leute treffen sich lieber im Nichtraucherbereich und zum Rauchen setzen sie sich vor die Tür. Ich denke also, das wird gehen. Schließlich halten wir keine Geheimtreffen ab.«

Ich spazierte durch die Kleingartenanlage zum Kehrwieder, sprang die Treppe zum Wasser hinunter, wo der Wind kräftiger blies und mir Gedanken durch den Kopf fegte. Die Veranstaltung, Hilmar, die Arbeiter in der Aula, Novacrem, Amalia. Ich erschrak. Das Wochenende war beinahe vorbei. Den Samstag hatte ich am Klavier verbracht. Amalia war wie aus meinem Herzen gefallen. Ich hatte sie nicht aufgehoben, hatte ihr Fehlen nicht einmal bemerkt. Warum war ich so? Wie sollte eine, die mich wirklich wollte, das ertragen?

Ich sah hinüber zum Bahnhof, der von dem Gebäude der Novacrem überragt wurde, das trutzig auf der Anhöhe ruhte. Es war nicht wahr, dass wir den Bahnhof Novacrem verdankten. Es war die Stadt gewesen, die den Bau des Bahnhofs in Auftrag gegeben hatte. Die Steuerzahler waren für die Kosten aufgekommen, weil Novacrem es so wollte. Britta hatte Oliver entlassen, der eine andere politische Meinung vertrat als sie. Brittas Vater hatte meinen Zahnarztpapa gestoßen. Britta hatte mich gemobbt, solange ich zurückdenken konnte. Novacrem pfuschte in unser aller Leben herum, und irgendwie, so schien es mir, lag es an Novacrem, dass ich Amalia vergessen hatte. Womöglich trug Novacrem die volle Verantwortung dafür, dass ich unfähig war, eine wirkliche Beziehung einzugehen. Ich hielt das für möglich.

Ich näherte mich dem roten Gebäude, spürte in mir das altvertraute Vibrieren der Musik von Maschinen und an den Händen den Druck des rauen Backsteins. An dem Gebäude prangte ein frischgesprayter weißer Schriftzug: ›Eigentum ist Diebstahl – Sanddorn, wir kriegen dich!‹.

In einem der Fenster sah ich ein Loch, von dem aus lange Risse die glatte Fläche des Glases durchzogen. Ich fragte mich, wie die Scheibe beim Aufprall des Steins geklungen hatte und wie ein solcher Wurf im Körper des Werfenden widerhallen mochte. Eine Weile stand ich still, dann bückte ich mich, prokelte mit den Fingern einen großen Kiesel aus dem unbefestigten Gehweg, den ich in der Hand wog, bevor ich weit ausholte und ihn ohne jede Wut gerecht und zielsicher in das Fenster schleuderte. Es klirrte enttäuschend knapp. Ich wartete, doch mehr kam nicht. Nur das Gefühl verlor sich, diese Gewissheit, im Recht zu sein. Stattdessen ergriff mich Verwirrung über das, wozu ich mich hatte hinreißen lassen. Ich wollte weg, wandte mich ab, hastete fort.

»Es war nicht schlimm«, redete ich mir zu. Das Fenster war vorher schon zerbrochen gewesen. Nur meine Hand war nicht mehr wie zuvor, wenngleich die Hand des Steinwurfs sich äußerlich nicht unterschied von der Klavierhand, die sie gewesen war. Ich habe Hände immer geliebt. Die klobigen Hände meiner Adoptivmutter waren schön gewesen, wenn sie hantierte, Fotoecken ins Album klebte, die unzählbaren Aufnahmen, die sie von Hilmar und mir gemacht hatte, sorgsam unter die durchsichtige Folie der Dreiecke klemmte. Ich hätte ihren Händen ewig dabei zusehen mögen. Sogar meine eigenen Hände liebte ich. Ein Teil meiner Freude am Klavierspiel lag in der Faszination, die beiden fünfbeinigen Tiere bei ihrem Lauf über die Tasten zu beobachten. Die Hand, der beweglichste Teil der Menschen, ein Wunderwerk, Ursprung unserer Zivilisation, der schöpferischste aller Körperteile – Steinschleuderhand. Ich schloss die Wohnungstür auf. Ich durfte mir das Klavierspiel nicht verderben lassen. Ich hatte ein Fenster getroffen – nicht Britta. Andere, Olivers Freunde wahrscheinlich, nicht ich, hatten das Fenster zerstört.

Ich sperrte die Erinnerung an den Wurf vor die Tür und setzte mich, um auf andere Gedanken zu kommen, sofort an den Computer. In der Mailbox fand ich eine Nachricht, die Amalia am Mittwochabend geschickt hatte. Wie wir das Wochenende gestalten wollten? Ihr Schmerz zog mir die Brust zusammen. Ich beschloss, sie anzurufen.

Sie war zu Hause und blieb traurig, als sie meine Stimme hörte. Ich hatte dem nichts entgegenzusetzen.

»Trotzdem bedeutest du mir viel«, versuchte ich mich zu erklären. »Ich habe es nicht gelernt, Liebe festzuhalten und wie ein Foto ins Herz zu kleben. Ich würde es allerdings versuchen wollen, weil du …«

Ihre Stimme frischte auf. »Ja?«

»Weil mir scheint, du willst mich verstehen.«

Die Brise war schon abgeflaut, das hörte ich.

»Andere verstehen, ja darin bin ich groß«, sagte sie klein.

Das war danebengegangen.

»Wie war es bei dir in den letzten Tagen?«

»Abgesehen davon, dass ich an uns verzweifelt bin«, ich hörte sie lächeln, »habe ich mich aus aktuellem Anlass zur volkswirtschaftlichen Dimension des Grundeinkommens belesen.«

»Ach!«

»Ich schreibe hin und wieder volkswirtschafliche Artikel für Wikipedia, um im Thema zu bleiben. Das heißt, seit Sommer mache ich das. Bis dahin habe ich regelmäßig Vorlesungen und Seminare für die ›Universität der Sinnsuchenden‹ gehalten.«

Ihre Stimme belebte sich: »Das ist ein nicht-kommerzielles Projekt aus der alternativen Szene. Aber es ist aufgeflogen.«

»Aufgeflogen? Seit wann ist es verboten, Seminare zu geben?«

»Katharina aus dem Träumerland«, rügte sie sanft. »Als Empfängerin existenzsichernder Gelder muss ich dem Arbeitsmarkt zur Verfügung stehen. Meiner Arbeitsberaterin ist das Vorlesungsverzeichnis in die Hände gefallen, woraufhin sie es für erwiesen hielt, dass ich den Sozialstaat ausnutze, um mich privaten Vergnügungen zu widmen. Sie ist überzeugt, dass ich kein Interesse an einer regulären Arbeit habe, da ich meine Zeit statt der Arbeitssuche ehrenamtlicher und zudem systemkritischer Tätigkeit widme. Sechs Wochen wurde mir die Stütze gesperrt. Die Uni-Leute haben mich finanziell über Wasser gehalten. Das Risiko, so etwas könnte sich wiederholen, ist uns vorerst zu hoch. Ich bin nur noch einmal in der Woche für zwei Stunden dabei und habe mich stattdessen auf Wikipedia gestürzt. Schade – ich habe es genossen, Kollegen zu haben, dazuzugehören, mich nützlich zu machen …«

»Eine bescheuerte Arbeitsberaterin!«

»So sind viele von denen.«

»Hmh. Und jetzt schreibst du zum Grundeinkommen. Worin besteht denn die volkswirtschaftliche Dimension, mal knapp zusammengefasst?«

»Na ja, ich habe den Artikel eurer Nora gelesen. So revolutionär wie einige eurer Aktivisten denken die meisten Volkwirtschaftler nicht. Das bleibt alles im kapitalistischen Rahmen. Die Überlegungen kreisen vor allem um Möglichkeiten der Finanzierung. Die bereits bestehenden existenzsichernden Leistungen, die damit überflüssig würden, werden gegen die Kosten eines Grundeinkommens aufgerechnet und überlegt, woher der fehlende Differenzbetrag kommen könnte.

Eine vieldiskutierte Variante ist der Vorschlag von einem Großunternehmer, anstelle aller übrigen Steuern eine hohe Konsumsteuer einzuführen. Er hält das für gerecht, weil erst im Konsum konkreter Nutzen aus der Arbeit anderer gezogen wird. Solange das Geld nur angehäuft wird, meint er, bedeutet es nichts als die Möglichkeit, das Versprechen späteren Konsums.

Allerdings ist darin nicht mitgedacht, dass dieser theoretische virtuelle Wert des Geldes auf den Finanzmärkten weitere virtuelle Werte schafft – dass Geld nicht nur Konsum verspricht, sondern zudem wirtschaftliche und politische Macht bedeutet. Daher ist der Verzicht auf die Besteuerung von Gewinnen natürlich fragwürdig.«

Sie wartete auf meine Reaktion, aber ich hielt es mit Wittgenstein und schwieg.

»Du hast nichts verstanden, stimmt's?«, fragte sie nach einer Weile vorsichtig.

»Höchstens die Hälfte«, gab ich zu, während in mir eine wilde Idee reifte, die ich gleich darauf in die Sprechmuschel entlud: »Aber vielleicht willst du am Donnerstag nach Süderlenau kommen und uns das auf einfache Art bei unserem Treffen erklären. Wir sind ab zwanzig Uhr im SAUREN HERING.«

Verblüffte Stille, bis sie nachfragte: »Nach Süderlenau?!«

Schweigen. Dann: »Bist du dir sicher?«
Ich behauptete es.

Der Sonntagnachmittag war noch gänzlich unbeschrieben. Nicht einmal das Klavier verlangte nach mir. Ich war frei und glücklich.

Silvia rief an. Michael sei gegangen, sagte sie, sie wisse nicht wohin – egal, sie habe Lust auf einen Spaziergang. Wir trafen uns am Hafen und schlugen den Weg nach Heringsort ein. Nach viel Regen, Wind, Worten, frischer Luft und müden Beinen schlug Silvia die ATEMPAUSE vor. Ich wollte in den SAUREN HERING. Sie bedachte mich mit ihrem Blick unter hochgezogenen Augenbrauen.

»Da treffen sich die Novacremer!«, rechtfertigte ich mich.

»Genau! Und aus dem Grund sind wir bisher nie dorthin gegangen.«

»Du bist doch sonst immer für das Proletariat!«

»Für das revolutionäre Proletariat, nicht für das saufende. Aber von mir aus. Vielleicht ist Michael dort.«

Jetzt war es an mir, die Brauen zu heben: »Vermisst du ihn?«

Der Tag war herbstlich kühl, doch die Männer – vereinzelt waren auch Frauen darunter – saßen und standen unbeirrt von Wind und Wetter draußen vor der Tür. Zigaretten glimmten zwischen den Fingern, die meisten hielten eine Bierflasche in der Hand.

»Das Geschmiere ist doch der Sanddorn egal!« Die Stimme kam tief aus einem Bauch, der sich gewaltig über einen Hosenbund stülpte.

»Besser als nichts tun.«

Eine Flasche knallte geräuschvoll auf einen der langen

Brettertische. Leise klirrte ein Löffel in einer Suppenschüssel.

»Die Sanddorn kann sich nicht alles erlauben!«

»Ach was, das Ganze geht vors Arbeitsgericht. Olli kriegt Recht, und gut is'.«

»Das seh ich aber ganz anders.« Der Sprecher schwankte kaum merklich, stützte sich sogleich souverän auf einer Stuhllehne ab. »Da is' gar nichts gut, und das wird auch nicht gut. Das Arbeitsgericht muss die Kündigung für unwirksam erklären – stimmt. Trotzdem weiß Olli, was Sache ist, nämlich dass er für die nächsten Personalkürzungen schon mal vorgemerkt ist. Jeder von uns weiß, was kommt, wenn er aufmuckt, wenn er sich 'ne eigene Meinung leistet, 'ne andere als die Sanddorn womöglich! Die Alte will uns einschüchtern, darum geht's!«

»Genau!«, sagte der mit dem Bauch. Er streckte ein unverhältnismäßig dünnes Ärmchen nach seiner Bierflasche. »Und über das Geschmiere, da lacht die drüber.«

»Man müsste der mal richtig Angst machen.«

Das war der Hagere, Lange, der neben der Eingangstür an der Hauswand lehnte. Er sprach durch glänzende Augen, leise, aber jeder in der Traube, die dort am SAUREN HERING hing, hörte ihn.

»Wir wissen, wo sie wohnt.«

Einer lachte.

»Du meinst, wir sollen sie mal drannehmen?«

Er klopfte mit der flachen Hand auf die Linke, die er zu einer hohlen Form gebogen hatte.

Eine Frau kicherte.

Silvia wandte ruckartig den Kopf und starrte zu ihr rüber. Wir waren an der Laterne vor der Kneipe stehengeblieben. Silvia hatte eine Schachtel Fluppen aus ihrer Handtasche hervorgekramt und sich eine angezündet. Manchmal redete sie so: ›Fluppen‹.

Jetzt warf sie den Stummel auf den Gehweg und zertrat ihn mit der Schuhspitze.

Der Hagere sah sie an: »Sie soll merken, dass selbst die Macht einer Sanddorn in Süderlenau ihre Grenzen hat.«

»Und du? Merkst du nicht, was du mit deinen Vorschlägen lostrittst?«, zischte Silvia.

»Ich geh rein.« Der Dicke zog resolut seine Hose hoch. »Bier is' alle.«

Einige andere folgten ihm.

»Guck mal, da ist dieser Gewerkschafter, von dem ich dir erzählt habe – Per.« Ich nahm Silvia beim Arm. Sie schüttelte mich ab.

Per trat auf uns zu. »Sind nur große Worte. Die Männer lassen Dampf ab, das ist alles.«

Silvia starrte ihn an.

»Du hast keine Ahnung von Männern, Per. Das braucht nicht viel, damit solche Worte zu Taten werden – das kannst du mir glauben. Ich will hier weg.«

Sie rannte los in ihren Hackenschuhen und ich hinterher.

»Gewalt!«, keuchte sie. »Immer nur Gewalt.«

Sie hatte recht und sie tat mir leid, trotzdem war ich ganz woanders in meinen Gedanken. Ich hatte soeben endgültig mit Novacrem gebrochen. Das war stärker als alles Mitgefühl für Silvia.

Novacrem galten die Menschen nichts. Für Novacrem gab es nichts außer Novacrem. Zum ersten Mal erfasste ich den ganzen Skandal des Kapitalismus. Wirkliche Menschen waren einmal – in den Siebzigern – an Hautkrebs krepiert, wirkliche Menschen hatten um sie getrauert, wirkliche Menschen vermissten die Toten noch heute. Brittas Vater hatte wider besseres Wissen um des guten Geschäftes willen die Verantwortung geleugnet. Britta würde ebenso handeln.

Hastend hielt ich mit Silvia Schritt. Wir waren an der Fabrik.

›Sanddorn, wir kriegen dich!‹ Das sprang ins Auge, und ich hatte nichts dagegen einzuwenden.

»Die Sanddorns können sich nicht alles erlauben«, sagte ich.

Silvia stoppte, warf mir ihre Worte ins Gesicht.

»Deine Naivität macht mich krank, Katharina! Als wären die Sanddorns böse Menschen.« Ich glotzte sie an. »Es gibt keinen Ausstieg aus dem System, für niemanden, und diese Leute …«, Silvia zuckte mit dem Kopf zurück in die Richtung des SAUREN HERING, »machen nichts besser. Sie werfen sich in ihre niedersten Triebe, geben sich ihnen lüstern, gewalttätig und selbstgefällig hin. Solche Leute haben bisher jede Revolution für eine gerechtere Welt in ihr Gegenteil verkehrt.«

»Ach«, höhnte ich, »es sind nicht die Sanddorns – es ist das System? Schöner Freibrief! Bisher hast du anders über Britta Sanddorn gesprochen. Was ein Frauenbündnis alles ändern kann.«

Ich bereute meine Worte, noch bevor ich sie zu Ende gesprochen hatte.

Silvia sah alt aus. »Sicher«, sagte sie.

Wir gingen am Wasser entlang. Die Kutter waren an dicken Stahlpollern vertäut, lagen reglos in der Abendsonne.

Silvia fing wieder an – dass Menschen vielschichtig wären. »Sie können die größten Verbrechen im Namen ihrer Unternehmen begehen, während sie sich im Privaten gutmütig und großherzig verhalten.«

»Nicht Britta Sanddorn!«

Sie achtete nicht auf mich.

»Es liegt an dem Mangel an Fantasie. Was wir uns nicht vorstellen können, hat keine Wirkung auf unser Verhalten.«

»Was bringt dich dazu, sie so zu verteidigen?«

»Ich kann es nicht ertragen, dass Menschen so sind. Es muss ein besserer Grund zu finden sein als Boshaftigkeit. Hilmar zum Beispiel.«

»Wieso Hilmar?«, brauste ich auf. »Hilmar ist nicht so.«

»Erinnerst du die Bombardierung des Irak?«

Ja, das hatte selbst ich mitbekommen.

»Deutschland hat nicht mitgemacht«, wusste ich.

»Hilmar hat es bedauert. Ich war damals bei ihm zur Zahnbehandlung. ›Wir verscherzen es uns mit unserem wichtigsten Handelspartner – den USA‹, hat er geschimpft. ›Seit Wochen werde ich mit wichtigen Materialien aus Übersee nicht mehr beliefert.‹ Hätte Hilmar die Macht gehabt, er hätte Bomben auf den Irak werfen lassen, um sich Komplikationen in der Praxis zu ersparen.«

Ich knirschte. Hilmar war nicht da und selbst wenn, ich hätte zurzeit nicht mit ihm streiten wollen. Meine zermahlene Wut richtete sich ganz auf Silvia.

Sie blieb ruhig.

»Und was dich angeht – wenn man sich ereifert wie du, dann ist es etwas Persönlicheres als die politische Lage.«

Das sagte Silvia.

Irgendwie geriet alles aus den Fugen.

Amalia holte mich am Donnerstag von der Schule ab.

Trotz der Spannung, die seit dem Sonntag zwischen uns bestand, pufft̄e Silvia mich in die Seite.

»Ist sie das? Sieht sympathisch aus!«

Ich war überrascht und glücklich, nachdem ich mir in meiner Vorstellung nie etwas anderes als Ärger eingehandelt hatte, wenn ich meine Liebe in mein Leben ließ.

Mutig umarmte ich Amalia. Einige Sechstklässlerinnen blieben stehen, irritiert und kichernd.

»Du wirst noch Probleme bekommen, du Lehrerin.« Amalia ruckelte an dem Reißverschluss meiner Windjacke.

»Hallo, Frau Manthey!« Die Kinder aus der Zweiten winkten.

»Muss schön sein, so gegrüßt zu werden bei der Arbeit.« Amalia lächelte.

Dem Chor stellte ich sie als ›meine Freundin‹ vor. Nora beobachtete sie neugierig. Patrick schüttelte ihr die Hand.

»Katharina hat erzählt, Sie sind Volkswirtin und haben sich mit der volkswirtschaftlichen Bedeutung des Grundeinkommens befasst. Ich bin sehr gespannt auf Ihren Vortrag.«

Während wir sangen, schloss Amalia die Augen. Mit strenger Disziplin riss ich meinen Blick von ihr, um dirigieren zu können.

Amalia in Süderlenau!

Sie fand unser Musikstück fantastisch.

»Die Worte von Heine, die rhythmische Spannung!«

»Katharina ist das Wunderkind unserer Stadt!«, rief Nora, die dabei war, ihren Mantel anzuziehen.

»Wenn Katharina erst ihr Grundeinkommen hat, wird sie bedeutende Kompositionen schreiben und internationale Anerkennung finden.«

»Oh«, Amalia schien betrübt, »da werden deine kleinen Schüler und Schülerinnen enttäuscht sein.«

Einen kurzen Moment hakte etwas in meinem Kopf, ich riss es aus.

»Sie werden der nächsten Musiklehrerin winken.«

»Und wer winkt dir?«

Ja, dachte ich, es wäre ein Abschied von vielem. Würde ich sie vermissen – die aufgeregten, kreischenden Stimmen, die geröteten Gesichter, die winkenden Hände? Das würde ich, trotz allem.

»Die Fans werden ihr winken«, antwortete Nora für mich.

»Ich müsste nicht ganz aufhören«, schwankte ich. »Ich könnte an einem Tag den Schulchor leiten und in zwei, drei Klassen unterrichten. Die Arbeit ist beglückend – doch tatsächlich, an und für sich. Es ist nur zuviel für meine Nerven.«

»Ach«, meinte Nora.

Es war dann reichlich quetschig im Hering. Einige nörgelten über den kalten Rauch, der aus den Wänden stank.

»Wer eine Alternative weiß ...« Patrick hob die Hände. »Es geht doch nur um die paar Wochen bis zur Abstimmung.«

Marita stand auf, um als Erste zu sprechen. Sie schlug gegen die Klangschale, die ich mitgebracht hatte.

Eben hatte sie die Anwesenden willkommen geheißen, als ihre einleitenden Worte von lauten Gesprächsfetzen zerrissen wurden.

»Bleib doch draußen, wenn du keinen Bock hast. Ich find das geil mit dem Grundeinkommen.«

»Auf jeden! Besser wie inne Fabrik oder als Lehrling den Hiwi machen, Mann.«

»– ja klar, aber wozu müssen wir uns das Gequatsche hier anhören?«

Zwei Jungen und ein Mädchen drängten sich durch die Tür und lehnten sich an die Wand. Dem Mädchen hingen Kabel aus den Ohren. Sie wippte leicht. Ich kannte die

Jugendlichen. Sie hatten erst im Sommer unsere Schule verlassen. Obwohl ich nicht zuständig war, spürte ich meinen Blutdruck steigen. Der Schweiß der Kämpfe des vergangenen Halbjahres brach erneut aus meinen Drüsen. Am liebsten hätte ich die Flegel sofort vor die Tür gesetzt. Manchmal hasse ich Toleranz, Demokratie und partnerschaftliche Erziehungsmethoden.

Marita setzte neu an: »Ich bedaure sehr, dass es zwischen Novacrem und den dort Beschäftigten zu keiner Einigung gekommen ist. Wie es aussieht, haben sich Fronten gebildet. Die Schmierereien am Gebäude von Novacrem führen uns täglich vor Augen, wie sehr das Niveau der politischen Auseinandersetzung in unserer kleinen Stadt gesunken ist.«

Die Jugendlichen kicherten. Marita warf ihnen einen mahnenden Blick zu.

»Ein Fenster ist mutwillig zerbrochen worden, und Frau Sanddorn soll einen anonymen Drohbrief erhalten haben.«

Die Jugendlichen kicherten wieder.

»Abgesehen davon, dass derartige Handlungsweisen generell nicht akzeptabel sind, möchte ich erneut und nachdrücklich darauf hinweisen, welche herausragende Bedeutung Novacrem in unserem Städtchen einnimmt. Daran wird auch das Grundeinkommen nichts ändern, sollte sich Süderlenau dafür entscheiden.«

»Kann doch nicht wahr sein!«

»Ich hab's dir gesagt!«

Sogar das Mädchen mit den Ohrstöpseln schien zugehört zu haben. »Was soll der Quatsch?«, rief sie.

Der lange Dünne stellte sich breitbeinig auf, die Daumen in die hinteren Taschen seiner Jeans gehakt. Leonhardt Wede, der Sohn vom Bürgermeister, größte Nervensäge des vergangenen Abschlussjahrgangs.

»Was gibt's da groß zu entscheiden«, posaunte er. »Jeder von uns kriegt 'n Tausi im Monat für lau, da sag ich, besten Dank und diskutier nicht lange rum.«

Ein junger Mann stand auf. Nora bekam große Augen und kniff mich in den Arm.

»Wow!«

Ich kapierte gar nicht, was sie wollte, bis sie meinte: »Ach, ich hatte vergessen, dass du in dieser Richtung nicht empfänglich bist.«

Ich spürte die Röte in meinen Kopf rauschen.

»Mir gefällt die Art von diesem Jungen nicht«, meinte der Mann, »aber es stimmt, was er sagt. Wir kriegen ein gewaltiges Geschenk angeboten! Da sieht man wieder, wie viel Angst diese Stadt vor Britta Sanddorn hat. Ich bin ein Freund von Oliver Mus. Seine Kündigung, über die hier kein Wort verloren wurde, ist der eigentliche Skandal. Stattdessen wird ein bisschen Farbe aufgebauscht, als wär's ein Terroranschlag. Mich stört es schon lange, wie diese Stadt vor Novacrem kuscht, und damit stehe ich keineswegs allein.«

»So!« Maritas Stimme drohte sich zu überschlagen. »Und weil Ihnen das nicht passt, haben Sie das Recht, Fenster einzuwerfen und Drohbriefe zu verfassen?«

»Meinen Sie mich persönlich mit Ihrer Unterstellung?« Er lachte. »Oder greifen Sie mich stellvertretend für die Belegschaft von Novacrem an? Ich glaube nicht, dass es einer von uns war. Die meisten von uns sind aus dem halbstarken Alter raus, und viel Elan für provokative Aktionen bleibt auch nicht nach Feierabend. Ich würd da mal ganz woanders gucken.« Er richtete seinen offenen Blick auf die Jugendlichen.

»Die haben, scheint's, Narrenfreiheit, solange die Nachkommenschaft der Süderlenauer Elite sich darunter mischt.«

»Ey, wie redet der!«, schrie das Mädchen auf.

Er achtete nicht darauf. »Is' leichter so 'n Arbeiter wie mich zu beschuldigen. Ebenso wie es leichter ist, uns die Billiglohnarbeit bei Novacrem aufzuhalsen, statt sie selbst zu tun, wenn man es für so unabdingbar hält, der armen Firma über fünf Jahre Grundeinkommen hinwegzuhelfen.«

Ich sah, wie Marita sich bemühte, seinem Blick auszuweichen. Angestrengt hob sie sich schließlich zurück in Augenhöhe.

»Ich habe mittlerweile eingesehen, dass ich für das bedingungslose Geschenk von Frau Krause keine Verpflichtungen von einigen wenigen fordern darf, wie ich es vergangene Woche versucht habe. Bitte entschuldigen Sie.«

Ich gab meinen eben gefassten Vorsatz, Marita nunmehr blöd zu finden, wieder auf.

Ein Stuhl rückte geräuschvoll. Bürgermeister Wede erhob sich. Ich hatte ihn bisher nicht wahrgenommen, vermutlich weil ich nicht mit ihm gerechnet hatte. Nun, da er sich in ganzer Leibesfülle aufgerichtet hatte, war er nicht zu übersehen. Aus dem Augenwinkel sah ich, wie Sohn Leonhardt die Arme verschränkte.

»Ich bin durchaus anderer Meinung«, dröhnte Wedes Bass. »Jeder in unserer Stadt ist mit gleichen Chancen ins Berufsleben gestartet. Unsere Schulen stehen allen Kindern gleichermaßen offen, die Noten werden nach den gleichen Kriterien verteilt. Jeder von uns hier konnte, abhängig von Interesse, Begabung und Leistungsbereitschaft seinen Weg frei wählen. Es ist keine Herabsetzung, sondern Anerkennung der Lebensleistung jedes Einzelnen, wenn ich sage, es hat seine Richtigkeit, wenn der eine bei Novacrem am Band steht, während der andere ihn im Krankheitsfall in seiner Arztpraxis versorgt.

Dieses Grundeinkommen, sollten wir es annehmen – und ich bin da sehr zwiespältig –, verschafft insbesondere den Leistungsschwachen die unverdiente Möglichkeit, sich aus ihrer gesellschaftlichen Pflicht zu stehlen. Damit ist das soziale Gefüge der Stadt gefährdet. Ich halte es daher für ein Gebot der Fairness, sollten wir die Offerte von Frau Krause tatsächlich annehmen, dies mit der Bedingung zu verknüpfen, dass alle Bürger an ihrem bisherigen Platz verweilen, solange sie das Grundeinkommen beziehen.«

Der gutaussehende junge Mann lächelte schief.

»Verstehe ich richtig, dass mir als Leistungsschwachem das Grundeinkommen deshalb die Möglichkeit verschafft, mich aus meiner Pflicht zu stehlen, wie Sie es ausdrücken, weil tausend Euro monatlich für mich das Sprungbrett in ein neues Leben bedeuten könnten, während es für Sie lediglich ein paar Münzen mehr auf der hohen Kante sind? Und da behaupten Sie im gleichen Atemzug, ich, der Sohn eines Hilfsarbeiters, hätte die gleichen Chancen gehabt wie die Tochter des Fabrikbesitzers? Das ist absurd.«

Kopfschüttelnd winkte er all die weiteren Worte, welche nun mit wütender Gewalt in ihm heranschwellen mochten, ab. Ich war fasziniert von dem Schauspiel zivilisierter Selbstbeherrschung, das er uns bot. Großes Gefühl, das seinen Ausdruck auf ein kaum sichtbares Mienenspiel, ein Halten des Atemstroms beschränkte und darin zur Ruhe kommen musste. Mir selbst fiel so etwas schwer zuweilen.

»Nun«, konterte Wede, »das mag man so oder so sehen. Wir müssen uns darüber nicht einigen, solange Sie die Verantwortung anerkennen, die Sie mit Ihrer Arbeit übernommen haben. Ich würde nicht anders reagieren, wenn ich befürchten müsste, dass unsere Ärzte planen, kollektiv ihre Praxen zu schließen. Nur sehe ich bei tausend Euro monatlich in dieser Hinsicht keine Versuchung und daher keinen Handlungsbedarf.«

»Da kann ich Sie beruhigen!«, rief der Arbeiter. »Es ist nur eine Minderheit der Novacrem-Belegschaft, die das Geld von Margot Krause nutzen will, um umzusatteln. Die meisten freuen sich auf ein gutes Zusatzeinkommen zum Lohn. Es sieht eher so aus, als könnte das Grundeinkommen den Konsum in Süderlenau anheizen. Luxusrestaurants, Autoverkäufer, Reiseunternehmen, Schmuckgeschäfte, Elektronikkaufhäuser werden sich in Süderlenau ansiedeln. Da wird kein Bäcker Nansen und Schlachter Jonas pleite gehen. Im Gegenteil! Die Wirtschaft wird boomen! Machen Sie sich keine Sorgen, Herr Wede.«

Er setzte sich.

Marita warf ihre sanfte Stimme aus – ein Netz, in dem sie alle einzufangen wünschte.

»Ich bedaure, dass ich die Veranstaltung so ungeschickt eröffnet habe. Tatsächlich liegt mir nichts daran, uns Befürworter des Angebots von Margot Krause auseinanderzutreiben. Im Gegenteil, nachdem ich mich näher mit der Idee und der Geschichte des Grundeinkommens befasst habe, bin ich umso mehr dafür, dieses Geschenk anzunehmen und das Experiment zu wagen – selbst auf die Gefahr hin, dass dies den Bruch mit Novacrem bedeutet.«

Applaus brach los.

Amalia lauschte. »Diese Firma scheint eine enorme Macht auszuüben.« Sie griff nach ihrer Handtasche und entnahm ihr Notizblock und Stift. »Ich muss das in meinem Vortrag berücksichtigen.«

Maritas Wangen hatten sich gerötet.

»Stärker noch als der Gedanke der sozialen Gerechtigkeit hat mich die Idee der Freiheit beeindruckt. Seit dem achtzehnten Jahrhundert haben Menschen in Europa und in den USA sich Freiheiten erkämpft, Rechte, die den Einzelnen gegenüber dem Staat schützen, Freiheitsrechte, die die politische Mitbestimmung erlauben, das Recht auf Chancengleichheit und soziale Teilhabe für alle.

Ich bin aber zu der Überzeugung gekommen, dass der wichtigste Kampf ein anderer gewesen ist, einer, der die Entwicklung der Menschen begleitet, spätestens seit sie das Feuer nutzen konnten, Höhlenwände bemalten und ihre Toten bestatteten: Dieser Freiheitskampf ist das Aufbegehren gegen die Not, die Menschen zwingt, sich für das alltägliche Überleben abzustrampeln. Er ist die Empörung, sich um des bloßen Daseins willen plagen zu müssen. Mit anderen Worten: er ist das Ringen um ein Leben in Würde. Mit dem Erfindungsgeist des menschlichen Hirns und der Geschicklichkeit der Hand hat die Menschheit für ihre Befreiung von der alltäglichen Not gekämpft und sie hat diesen Kampf gewonnen! Man kann es so formulieren: Die Strafe, die Gott Adam auferlegte, ist abgesessen. Die hohe Arbeitslosigkeit in unserer Zeit können wir durchaus als Ausdruck der Erfolgsgeschichte der Menschheit werten.«

Marita sah sich Bestätigung suchend in den Gesichtern der Anwesenden um.

»Genau«, rief Amalia in die Stille und klatschte mit dem Notizbuch gegen ihre Hand.

Marita warf ihr einen dankbaren Blick zu, während sie bekannte: »Mir sind derartige Überlegungen neu, aber sie haben sich in mein Denken gekrallt. Es ist Unsinn, die Arbeitslosigkeit zu betrauern – lieber sollten wir jubeln, wenn Arbeit sich zu einem Gut der Freiheit wandelt. Wir brauchen keine Arbeitsplätze – wir brauchen lediglich ein gesichertes Einkommen für jeden von uns.

Ich habe in einem seiner Bücher ein nettes Zitat von einem Philosophen gefunden, der nach dem Ersten Weltkrieg unter dem Eindruck der Kriegserfahrungen für ein Grundeinkommen eingetreten ist. Bertrand Russell heißt er, und der Titel seines Buches lautet: *Lob des Müßiggangs.*«

Sie entfaltete einen Zettel, den sie bislang in der Hand verborgen gehalten hatte.

»›Guten Mutes zu sein ist die sittliche Eigenschaft, derer die Welt vor allem und am meisten bedarf, und Gutmütigkeit ist das Ergebnis von Wohlbehagen und Sicherheit, nicht von anstrengendem Lebenskampf.‹«

Die Zeilen verzitterten, und Marita schien zu warten, auf eine Reaktion, nahm ich an, die ihrer eigenen Rührung über das Gesagte angemessen war und die ausblieb.

Der Geräuschpegel in der Gruppe der Jugendlichen hatte sich erneut gesteigert.

»Ist das öde«, stöhnte das Mädchen, deutlich vernehmbar. Sie fingerte an ihrem MP3-Player und begann den Kopf rhythmisch vor und zurück zu stoßen.

Bürgermeister Wede bahnte sich einen Weg durch die Stuhlreihen. Leonhardt stieß sich mit einem Ruck von der Wand ab und verließ mit lässigem Hüftschwingen den Raum, dicht gefolgt von seinen Groupies.

Wede strebte ebenfalls dem Ausgang zu. Beinahe stieß er mit Heidrun und Hilmar zusammen, die soeben durch die Tür traten. Überrascht winkte ich beiden zu. Sie reagierten nicht. Wie auf Stippvisite blieben sie nahe der Tür stehen und tasteten sich mit neugierigen Augen durch unsere Versammlung. Mir fiel auf, wie unangemessen elegant beide gekleidet waren: Hilmar im schwarzen Anzug, Heidrun im Kostüm. Ich erinnerte mich an einen Herbsttag wie diesen, an dem Hilmar den gleichen schwarzen Anzug getragen hatte und Heidrun ein anderes Kostüm. Ich war Zeugin an jenem Nachmittag, an dem Heidrun sich öffentlich ein Ja abgerungen hatte. Ein leichter Ärger hatte um ihre Mundwinkel gelegen, während sie den Standesbeamten fixierte, niemand anderen als den. Später aber hatte sie Hilmar lange mit geschlossenen Augen geküsst. Das war mindestens zehn Jahre her; womöglich waren es genau zehn Jahre. Heute, so dachte ich mir, war ihnen das alles wieder eingefallen, und sie waren zu Ehren dieses Ereignisses gemeinsam essen gegangen. Nun, da sie sich einer Laune folgend zu uns in den SAUREN HERING gesellten, platzten sie ausgerechnet in die Diskussion um Freiheitsrechte.

Eben hatte sich Kathrin Kienzle zu Wort gemeldet, Majas Mutter und Sachbearbeiterin bei der Agentur für Arbeit.

»Bitte«, ermutigte Marita sie, als Kathrin das Mikrofon umklammerte.

»Ich muss das ergänzen.« Kathrins Stimme kiekste. »Für viele Frauen geht es vor allem um die Freiheit, Zeit für ihr Kind zu haben.«

»Ich will auch Zeit mit meinem Kind«, murrte ein Mann lautstark. »Ich sehe den Kleinen nur am Wochenende.«

Kathrin beachtete ihn nicht.

»Und für Frauen geht es auch darum, in Freiheit zu wählen, ob sie bei ihrem Partner bleiben wollen. Viel zu oft bedeutet Trennung, zumal wenn Kinder versorgt werden müssen, zugleich eine Entscheidung für Armut. Das Grundeinkommen kann eine entscheidende Stütze sein, um sich aus einer unglücklichen Verbindung zu lösen.«

»Das heißt, das Grundeinkommen zerstört Familien?«, fragte ein Mann. Er sah sich verwirrt um, als im Saal Gelächter ausbrach.

»Grundeinkommen ist die Freiheit, mich ohne Not für meinen Partner entscheiden zu können«, verkündete Kathrin. »Ich finde das wichtig.«

Heidrun griff nach Hilmars Hand. Er zuckte leicht, bevor er sie festhielt und sich ihr zuwandte. Sie sah weiter geradeaus, ihre Hand in seiner.

Ich spürte mal wieder das Wasser in die Augen steigen.

»Was ist?«, fragte Amalia.

»Nichts.« Ich strich über ihren Arm. »Du bist gleich dran mit deinem Vortrag.«

Amalia befand sich auf sicherem Boden, das war spürbar, als sie selbstbewusst das Wort ergriff. Wie sehr musste sie es vermissen, im Alltag diesen Quell ihres Selbstwertgefühls anzapfen zu können. Ein tragender Teil ihrer Persönlichkeit drohte durch Untätigkeit zu erlöschen. Für mich war diese Facette neu, und wie alle, die sie an diesem Abend erlebten, war ich beeindruckt.

Sie sagte nicht viel Neues, brachte vielmehr das Wissen, das in unserem Kreis flottierte, in eine Ordnung.

Süderlenau habe das Privileg, in den kommenden fünf Jahren den wesentlichen Streitpunkt um das Grundeinkommen, nämlich die Finanzierung, ignorieren zu können. Die wirtschaftlichen Auswirkungen seien umstritten. Auf der einen Seite stünden Faktoren, die das Wachstum bremsen könnten, wie die befürchtete Verknappung der Arbeitskraft im Niedriglohnbereich.

»Eine Frechheit, diese Sprache«, rief der gutaussehende junge Novacremer. Amalia nickte bestätigend.

Andererseits würde das Grundeinkommen den Unternehmen generell Lohnsenkungen ermöglichen, da die Existenz der Arbeitnehmer durch das Grundeinkommen bereits gesichert sei – ein bedeutender Wettbewerbsvorteil auf dem globalen Markt. Zudem wären Unternehmer von dem Zwang befreit, den Anschein zu erwecken, sie würden Arbeitsplätze, besser: Einkommensplätze schaffen oder zumindest erhalten. Stattdessen könnten sie sich ungehindert ihrer eigentlichen Aufgabe widmen, nämlich Profit zu erwirtschaften – technische Neuerungen zur Einsparung von menschlicher Arbeit und Löhnen wären in vollem Umfang einsetzbar.

An dieser Stelle hakte Patrick ein.

»Folglich scheint das Grundeinkommen innerhalb des kapitalistischen Systems eine geeignete Lösung, um die sozialen Probleme von Armut und Arbeitslosigkeit zu bewältigen.«

»So argumentiert eine Mehrheit der Befürworter«, erklärte Amalia zurückhaltend. »Der Kapitalismus kann die Wirtschaft in ihrem Zwang zur Anhäufung von Kapital nicht aus sich heraus stabilisieren. Traditionell ist es die Aufgabe der Politik, den Selbstlauf der Wirtschaft zu bändigen und ihr eine Ordnung im Interesse der menschlichen Gemeinschaft aufzuerlegen.«

»Das war mal«, rief jemand aus dem Publikum, »als wir noch die Soziale Marktwirtschaft hatten und nicht den Turbokapitalismus.«

Amalia nickte: »Genau! Zur Zeit des rheinischen Kapitalismus hatten wir Vollbeschäftigung. Tragende Schichten der Gesellschaft waren überzeugt, es würde nun stetig voran gehen, nicht nur mit dem Wohlstand, sondern auch mit der sozialen Gerechtigkeit und der Demokratie. Die Soziale Marktwirtschaft schien die geeignete Form, sich der Vision einer gerechten Welt zu nähern.«

»Ach was!« Der Zwischenrufer hatte sich mittlerweile erhoben, setzte ein Bein auf die Sitzfläche seines Stuhls und stemmte sich hinauf. Für alle gut sichtbar, brüllte er: »Die Kapitalisten und ihre Politiker haben noch nie freiwillig ihre Profite geteilt. Damals wollte man gegen den Osten beweisen, wie sozial der Kapitalismus ist. Jetzt haben sie die soziale Fassade nicht mehr nötig. So sieht's aus.«

»Natürlich spielt der Zusammenbruch der sozialistischen Staaten eine Rolle«, stimmte Amalia zu. »Zudem ist unsere heutige Wirtschaft geprägt von der Auflösung der nationalen Bindung von Unternehmen. Die Möglichkeiten nationaler Politik, Einfluss auf die Wirtschaft zu nehmen, sind aus diesem Grunde begrenzt. Die Wirtschaft boomt, aber der Boom kommt ohne ein Mehr an menschlicher Arbeitskraft aus. Auch hier fehlt die Abhängigkeit, durch die der Wirtschaft Zugeständnisse abgerungen werden könnten. Die Folge ist die Verarmung der Bevölkerung, während die Profite steigen.«

Der Mann war auf seinem Stuhl stehengeblieben.

»Sie sagen's doch selbst! Ohne Druck von unten läuft nichts. Wo sind denn Ihre guten Kapitalisten geblieben mit ihrer Vision von einer gerechten Welt? Das ist doch Nonsens, was Sie da reden.«

Amalia lachte: »Suchen Sie einen Gegner – oder besser: eine Gegnerin? Da liegen Sie falsch bei mir. Ich verteidige den Kapitalismus nicht, ich analysiere ihn.

Trotzdem hat es immer Unternehmer gegeben wie Werner Siemens oder Ford, die soziale Verantwortung in ihre Unternehmenspolitik zu integrieren suchten. Eine große Anzahl von Unternehmern investiert lieber in existenzsichernde Systeme, als dass sie das Risiko von sozialen Unruhen eingeht. Tatsache bleibt aber auch, dass Unternehmen nicht aus der weltweiten Konkurrenz aussteigen können und unter dem Zwang stehen, möglichst billig und vor allem billiger als die anderen zu produzieren.«

»Mir kommen die Tränen«, rief er, die Hände in die Seiten gestemmt, kletterte endlich widerstrebend vom Stuhl und setzte sich, grummelnd und kopfschüttelnd.

Patrick griff sich das Mikrofon: »Und da scheint das Grundeinkommen eine Möglichkeit, das Interesse der Unternehmer, die Lohnkosten niedrig zu halten, mit dem Bedürfnis der Lohnabhängigen und Arbeitsfreien nach einer materiell gesicherten Existenz in Übereinstimmung zu bringen.«

»Ja.«

Patrick nickte langsam mit gesenktem Blick.

Amalia beobachtete ihn. »Du bist nicht zufrieden mit meiner Antwort«, stellte sie fest.

Patrick grinste wie ein Kind, das mit dreckigen Händen an der Festtafel erwischt wird.

»Ich bin ein Träumer«, gab er zu. »Ich hatte mir mehr erhofft als die Lösung einiger Probleme.«

»Und zwar?«

»Dass es Sinn ergibt.«

Ich teilte seine Sehnsucht. Dachte mir sogar, dass er eben die Sehnsucht aller Menschen aller Zeiten aussprach. Ein sinnvolles Leben: tätig teilzuhaben an der Gestaltung einer guten menschlichen Gemeinschaft auf dieser Erde.

»Es reicht mir nicht, mich ohne große Anstrengung sattessen zu können«, gab Patrick seine Verzweiflung preis. »Ich erlebe keine Wirtschaftskrise – ich leide an der Krise unserer Kultur. Es beruhigt mich nicht, die Hände in den Schoß legen zu können, während Maschinen die Waren produzieren, die wir nicht brauchen, aber kaufen sollen, weil die Wirtschaft wachsen muss.

Es kostet nicht mehr unsere Arbeitskraft, allerdings weiterhin die Arbeitskraft von Menschen in sogenannten Niedriglohnländern, aber das hat mir egal zu sein, solange die deutsche Wirtschaft floriert und es uns gold geht – ist auch weit weg, und ich kenne die Leute nicht einmal.

Das kostet keinen Schweiß, kostet nur unser Mensch-Sein, es kostet die Rohstoffe der Erde, vernichtet die Heimat von Tieren und Menschen, verdammt mich, meine vierzig, sechzig oder achtzig Jahre kleines Glück mit Gleichgültigkeit zu beschirmen.

Ich wünsche mir etwas anderes!

Ich hatte gehofft, das Grundeinkommen könnte mehr sein – ein Ausweg!«

Amalia nickte: »In den achtziger Jahren wurde das Grundeinkommen von alternativ ausgerichteten wissenschaftlichen und politischen Kreisen viel in diese Richtung diskutiert. Die Befreiung vom Zwang zur Arbeit auf der Grundlage eines Bürgerrechts auf Existenzsicherung sollte es ermöglichen, aus der alternativen Szene heraus eine Produktion aufzubauen, die ökologisch vertretbar und sinnhaft erschien.«

»Ja«, sagte Patrick, »das ist es, was ich mir wünsche. Weißt du, ich glaube nicht an das Paradies, aber ich möchte einen Weg einschlagen können, auf dem ich danach suchen kann.«

Man lachte freundlich und nachdenklich.

Für viele Anwesende hatten Patricks Worte nach einem gelungenen Schlusswort geklungen. Sie reckten sich, lächelten sich zu, griffen nach den Jacken, die über Stuhllehnen hingen, als unerwartet Wolfgang sein Gesicht, bisher unsichtbar in der Menge, in jene stattliche Höhe hob, die ihm zur Verfügung stand.

Er musste vor kurzem hereingekommen sein, vielleicht während Amalia sprach, sonst hätte er schon längst die Verwirrung erregt, die er nun hervorrief: Britta Sanddorns Gatte auf einer Versammlung für das Grundeinkommen.

Obwohl er zur Prominenz Süderlenaus gehörte, hätte ich ihn an seiner Stimme nicht erkannt. Novacrem und alles, was dazugehörte, wurde von Britta bebildert und vertont. Auch jetzt sagte er wenig, nur dass es schwer sei zu erleben, wie Novacrem die Wertschätzung der Stadt entzogen würde und dass insbesondere seine Frau sich eng mit Süderlenau verbunden wisse und mitgenommen sei von der öffentlichen Kritik und den persönlichen Angriffen gegen sie, und er bitte uns, dies bei unseren künftigen Aktivitäten zu bedenken.

»Denen geht der Arsch auf Grundeis«, hörte ich.

Mich hingegen hatte Wolfgangs Auftritt beeindruckt. Ich fragte mich, warum Britta nicht selbst gekommen war, um eine Propagandarede zu halten.

Wolfgang hatte nicht nach Propaganda geklungen. Womöglich waren seine Techniken feiner – oder es war ihm ernst. Ein Hauch menschlicher Not hatte mich angeweht.

»Es scheint, er liebt sie wahrhaftig«, sagte ich zu Amalia. Die schwieg, hob Schultern und Augenbrauen, wusste nichts von Wolfgang und Britta. Letztendlich, was wusste ich?

»Und du warst überwältigend!«

Es gehörte sich, so etwas zu sagen, zumal es stimmte. Meine Gedanken jedoch lungerten weiter um Britta herum.

›Britta hat meinetwegen genug durchmachen müssen‹, hatte Margot gesagt.

Amalia sah mich von der Seite an.

»Woran denkst du?«

Es fiel mir schwer, mich zu erklären. Immerhin war ich fünfzig Jahre ohne Amalia durchs Leben gewandert und schien eben gerade an einem Ort angelangt, an dem sich meine Fußspuren aus vielen Jahren überlagerten.

»An Britta Sanddorn, die Eigentümerin und Geschäftsführerin von Novacrem«, vereinfachte ich. »Sie ist einige Jahre älter als ich und hat mich gehasst – immer schon. Ich habe das als eine Art Naturphänomen hingenommen. Seit einiger Zeit frage ich mich nach ihren Gründen.«

»Aha.«

»Es könnte mit meiner Gebärerin zu tun haben – mit Margot Krause. Margot hat so etwas angedeutet.«

»Du hast doch ihr Tagebuch.«

Amalia lehnte ihren Kopf an meine Schulter, und ich legte den Arm um sie. Das fühlte sich schön an, fast wie vertraut, trotzdem fürchtete ich, dass sie zuviel über mich wusste. Ich hatte mich offensichtlich in ein Plappermaul verwandelt, und Amalia war eine aufmerksame Zuhörerin. Ich legte mein Gesicht gegen ihres und schwieg.

»Katharina? Amalia? Gehen wir noch auf einen Tee zu mir?« Patricks Stimme wehte aus einiger Entfernung wie eine frische Böe zwischen uns. In seiner Gesellschaft würde es zu keinen allzu privaten Gesprächen kommen.

»Ja!«, sagte ich schnell.

Amalia bedachte mich mit einem amüsierten Seitenblick.

»Wieso weißt du so oft, was ich fühle?«, fragte ich sie am folgenden Morgen.

Ich packte für die Schule, sie für die Rückfahrt in die Hauptstadt.

»Beobachtungsvermögen, Spiegelneuronen und Interesse.«

Eine Form von Liebe. Das wärmte mich den ganzen Tag.

Nach der Schule wühlte ich Margots Tagebuch hervor. Es lag noch immer im Wäschekorb. Ich hatte sein Buhlen um Aufmerksamkeit mit Bettwäsche und einigen Handtüchern erstickt. Nun gab ich nach, schlug ohne Zögern die Seite auf, an der ich mich beim letzten Mal davongemacht hatte. Während ich gemächlich in den Seiten blätterte, screente ich die Wörter ›Britta‹, ›Sanddorn‹, ›Novacrem‹.

... der Typ von Novacrem, der von der Bank oder Drogeriemarkt-Schubert – einer von denen muss es gewesen sein. Letztlich egal, solange sie selbst an ihre Vaterschaft glauben und zahlen. Sie sollen bezahlen.

Extrasystolen, mein Halbbruder Burkhardt oder meine halbe Schwester Britta – wer kam da auf mich zu?

Ich erinnerte mich nur dunkel an den Drogeriemarkt. Der alte Schubert war unverheiratet gewesen, hatte keine Kinder gehabt.

»Na, Mädchen?«, hatte er gesagt und war mir gefolgt, sobald ich das Geschäft betrat. Ich fand das unangenehm.

Vielleicht denkt er, ich will stehlen, hatte ich überlegt, aber er schenkte mir Lutschbonbons auf den Weg und strich mir über den Kopf, sofern ich ihm Gelegenheit dazu bot. Mich befremdete das – was wollte der Alte? –, und ich war froh, nur selten bei Schubert einholen zu müssen. Irgendwann war er gestorben, ohne Sang oder Klang in mir auszulösen – bestimmt mehr als dreißig Jahre war das her. Mit ihm war die Drogerie verschwunden. Stattdessen bezog einige Monate nach der Beerdigung ein Edeka die Räume.

Dass sich Vergangenes noch ändern kann. Jetzt rührte mich die Erinnerung an einen alten Mann, der sich so unbeholfen mühte, dem vermeintlichen einzigen Kind seine Liebe zu schenken. Wie auch immer er sich Margot gegenüber verhalten hatte, zu mir hatte er versucht, lieb zu sein. Ob alle drei Männer gezahlt hatten?

Sie haben eingelenkt – bloß kein Skandal ... Nur Sanddorn stellt sich stur. ›Ich zahle, wenn ich was von dir habe, sonst gibt's gar nichts.‹ Er hat keine Angst, das macht es schwierig. Seine Frau ist ihm so egal wie das Gerede der Leute. Scheiße, aber ich hab mich auf seine Bedingungen eingelassen. Einmal im Monat fahre ich mit Katharina hin. Ich steige schon in Mehldorf aus dem Zug, darauf habe ich bestanden. Er lässt mich mit dem Taxi abholen und direkt zu sich nach Hause bringen.
Ich will nicht, dass einer aus Süderlenau mich sieht. Ich will überhaupt nicht nach Süderlenau! Ich will nicht!
Er setzt mich zum Abendessen zu seiner Familie wie früher schon, aber mit Katharina auf dem Arm ist es noch absurder. Seine Frau bedient mich. Die kleine Britta begreift inzwischen auch, dass da was querläuft. Wenn Blicke töten könnten ... Nach dem Essen zieht er sich mit mir zurück. Die Bezahlung ist jetzt noch besser als früher – großzügig ist er immer gewesen. Er drängelt, ich solle offiziell bei ihm im Haushalt arbeiten und zu ihm ziehen. ›Bei Schubert hast du auch als Aushilfe angefangen.‹ In Wahrheit habe ich damals eine Lehre gemacht, aber solche ›Kleinigkeiten‹ sind ihm egal. Mir nicht! Ich bin Drogeriefachfrau – immerhin. Daran erinnere ich mich, wenn alles zu schlimm wird und ich das Gefühl habe, nichts zu sein als ein Stück Dreck.
›Und wie stellst du dir das mit meinem Vater vor, wenn ich hier wohne?‹, habe ich ihn gefragt. Das hat er weggewischt. Ich wäre volljährig. Als würde das meinen

Vater vom Prügeln abhalten. Vater hat doch Binchen als Pfand! –
Sanddorn will Katharina als Tochter annehmen! ›Sie ist ein Kind der Liebe‹, behauptet er, während seine Frau und sein eigenes Kind am Tisch sitzen, und ich lächele noch dazu. Ich ertrage es nicht, wenn er sie auf den Arm nimmt.
Ich muss damit aufhören, muss das Geschäft mit meinem Bordell in Hamburg anschieben. Verdammt, ich brauch das Geld vom Sanddorn nicht. Ich muss mich von Katharina trennen, bevor ich sie noch mehr in mein Leben verstricke.

Mein Gesicht war beim Lesen flach geworden wie mein Atem, der körperlos die papiernen Seiten durchblätterte.

Ich vergrub das Buch im Puff. Ich mochte meine Wäsche nicht mehr darüber legen und stopfte sie in die Waschmaschine, kleidete mich in einen langen Schlafanzug und legte Socken an. So ruhte ich auf meinem Bett, meine Netzhaut unter der Zimmerdecke, bis ich im Schlaf verscholl.

Ich erwachte und wäre erleichtert gewesen, einen Tag im Dunkel von Kinderlärm zu verbringen, doch es war Samstag. Für den frühen Nachmittag war die Demo angekündigt. Amalia würde kommen. Für sie wollte ich gesellschaftsfähig sein. Ich dachte an unseren gemeinsamen Abend bei Patrick. Mit Patrick wurden die Dinge leicht – er war ein Freund, verständnisvoll, ohne mir je so nah zu kommen, wie Silvia mir kam oder ich mir selbst. Ich beschloss, ihn zu besuchen.

Schon sein Gesicht am Gartenzaun tat gut!

»Schön, dass du kommst. Jetzt kannst du ihn kennenlernen.«

Ich wusste gleich, wen er meinte.

Patrick hatte Amalia und mir am Donnerstag gezeigt, woran er mit dem neuen Kumpel arbeitete – diesem Typ, den er im SAUREN HERING aufgetan hatte. Patricks Skulpturen waren immer schon besonders gewesen. Sie hatten Witz. Man lachte, und nach dem Lachen blieb ein Gedanke. Ich erkannte den Werbefachmann dahinter.

›Wie oft geht Ihnen der Regenwald am Arsch vorbei?‹, stand auf dem Toilettenpapier, das er imprägniert und wie eine Girlande durch den Garten gespannt hatte.

An einem Baum hing ein Fußball, dem er ein Kindergesicht aufgemalt hatte. Ein Arm ragte daraus hervor und bohrte Nadel mit Zwirn durch das Leder.

»Die meisten unserer Fußbälle werden in Sialkot in Pakistan von Kindern genäht«, hatte er mir erklärt. »Nach Maschinen sind Kinder die billigsten Arbeitskräfte.«

Alle seine Werke waren so – zugespitzte Aussagen. Kunst sei Ent-deckung – sichtbar machen, was ist. Das Eigentliche aus Gegenständen und Materialien herausarbeiten. Mit dem neuen Freund wurden diese zur Form geronnenen Gedanken jenseits ihres Inhalts geschliffen, gestaltet, die rohe Skulptur zum Kunstwerk komponiert.

Patrick hatte genickt, als ich ihm meinen Eindruck mitteilte.

»Er geht darin auf. Ich erlebe eine neue Weltsicht mit ihm. Schönes erschaffen, statt auf das Hässliche zu verweisen. Ich weiß noch nicht – es geht doch ein Stück Weltbezug damit verloren. Später werde ich darüber nachdenken. Im Moment lerne ich von ihm. Schönheit ist verführerisch.«

Er schien verlegen, und wäre Amalia nicht dabei gewesen, hätte ich ihn nach Nora gefragt.

»Wo ist dein Freund?«, fragte ich ihn.

»Im Schuppen. Er vergisst alles, wenn er arbeitet. Muss er auch, denn sobald er den Kopf frei hat, denkt er ans Trinken. Alk is' nicht bei mir. Ich hab keinen Bock auf besoffen. Darum kommt er vormittags, solange er nüchtern ist. Wenn er's nicht mehr aushält, geht er nach Hause zu seiner Frau – saufen.«

Mir dämmerte was. »Michael.«

»Ach, du kennst den? Na ja, Süderlenau ...«

»Ich kenne seine Frau. Sie ist meine beste Freundin. Wie schafft er das mit der kaputten Hand?«

»Ach ...« Patrick hob die linke Schulter. »Damit hat er's am Anfang auch gehabt – er kann nicht und so. Aber er ist super mit links.«

Patrick strahlte.

Er hat Michael ent-deckt, dachte ich, in Suff und Selbstmitleid den Willen zur Schönheit gefunden.

»Sag mal, was ist eigentlich aus deinen Jugendlichen geworden?«

»Ein paar von denen kommen noch. Ich mach 'ne Art Kurs mit ihnen. Ich überlege sogar, ob ich auf Sozialpädagoge umschule oder ob ich besser gleich in die Selbstständigkeit starte – als Kreativitätslehrer oder so was. Wenn das bloß mit dem Grundeinkommen klappt.«

Er presste die Lippen zusammen, hielt einen Moment den Atem an. Dann lachte er wieder.

»Es macht so viel Spaß, anderen Menschen den Zugang zu ihrer Schaffenskraft zu öffnen!«

»Hmh.«

»Bin nicht so ein Eigenkraut wie du, Katharina – oder wie Michael. Komm, lass uns zu ihm gehen.«

Er öffnete die Pforte, aber ich hielt mich an den Holzstreben des Zaunes fest.

»Besser nicht. Ich will Michael nicht seinen kranken Alltag hinterhertragen.«

Er zögerte.

»Na gut, stimmt wahrscheinlich – dann bis nachher – auf der Demo!«

Ich steckte die Hände in die Taschen meiner Jacke, legte mich gegen den Wind. Es war reichlich pustig an diesem Tag. Mir tat das gut. Nach Hause konnte ich nicht, da lag das Tagebuch. Also steuerte ich die ATEMPAUSE an, wo ich ein spätes Frühstück bestellen und die Zeit vertrödeln wollte, bis Amalia kam.

Es war kalt, zu kalt, um draußen zu sitzen. Nur einige Raucher saßen in Decken gehüllt auf der Terrasse.

Ich drückte die Tür auf und schob mich durch die schweren Vorhänge. Scheibenwischerblick durch den Raum: Alle Tische schienen besetzt. Ich mochte es nicht, wenn die Stimmen der anderen in meinem Kopf tönten und sich in den Strom meines Bewusstseins schoben.

Eine Weile stand ich unentschlossen, da entdeckte ich im hinteren Teil des Raumes Nora. Ich winkte ihr. Auch sie hatte mich gesehen und nickte kurz in meine Richtung, um sich gleich wieder dem hochgewachsenen Mann zuzuwenden, der ihr gegenübersaß. Vor ihr lag ein Notizblock, so dass ich annahm, sie führten ein Interview. Seit Süderlenau durch die Diskussion um Margots Grundeinkommen bundesweit Interesse erregte, hatte Nora mehrere Hintergrundartikel in bekannten politischen Magazinen veröffentlichen können.

»Sie will jetzt unbedingt am Ball bleiben«, hatte Patrick mir erklärt. »Darum hat sie kaum noch Zeit und Interesse für anderes.«

Ich wunderte mich, wie entspannt sie wirkte, anders als damals in dem Arbeitsgespräch mit mir. Gerade trat die Bedienung an ihren Tisch, wohl um nach weiteren Wünschen zu fragen; der Mann wandte sich dem Kellner zu, und ich erkannte ihn. Es war Wolfgang.

Ich zog die Stirn zusammen und ruckte den Kopf, um die Gedanken zu vertreiben, die sich verwirrten, an den Synapsen verklumpten und den Fluss meines Denkens zu behindern drohten. Unklares schiebe ich gern beiseite.

An der großen Fensterfront wurde ein Tisch frei, und ich beschloss, mich dorthin zu setzen, mit Blick auf die Linde. So waren wir frei voneinander, Nora und ich.

Es ist natürlich Unsinn, aber später, als das Unglück geschah, dachte ich darüber nach, ob es etwas geändert hätte, wenn ich die beiden im Auge behalten hätte. Absichtslos natürlich, wie ein Blick durchs Café schweift und mal hier, mal da hängenbleibt.

Meistens überschätzen Menschen ihre Bedeutung, aber manchmal genügt ein kleines Handeln, um eine Katastrophe zu verhindern. Im Nachhinein sehe ich, wie die feinen Nebelschwaden, die hie und da aufgestiegen waren, sich zusammenballten und allmählich zu der schwarzen Wand wurden, die uns am Ende alle schockierte. Silvia hatte es gleich bemerkt. Ich aber war mit so vielem anderen beschäftigt gewesen.

Auf der Demonstration war Amalia bei mir. Wir hielten uns an der Hand. Ich sicherte die Umgebung, spähte, wer uns einen zweiten forschenden Blick zuwarf, kam darüber kaum dazu, etwas zu spüren. Schließlich ließ sie mich los. »Dann lieber ohne Händchenhalten und entspannt«, meinte sie. »Mein Gott, sind das viele Leute hier.«

Nicht nur Süderlenau war auf den Beinen. Der Bahnhofsvorplatz war vollgestellt mit Bussen aus dem gesamten Norden Deutschlands.

»Grundeinkommen nicht nur in Süderlenau!«, war ihr Wahlspruch.

Vor Novacrem angelangt, warfen einige der Demonstranten Farbeier gegen die Wände der Fabrik. »Sanddorn, wir kriegen dich!«, brüllten sie und: »Olli! Olli!«

Mir war das unangenehm. »Die kennen Britta gar nicht«, sagte ich zu Amalia.

»Das nicht, aber seit der Kündigung von diesem Oliver und der Blockade des Grundeinkommens durch Novacrem ist die Hautcreme-Affäre aus den Siebzigern von den Medien aufgewärmt worden. Das Feindbild ›Novacrem‹ steht, und Britta Sanddorn ist das Gesicht dazu.«

Mit einem Mal erinnerte ich mich, wie Britta damals auf dem Schulhof gestanden hatte, umringt von ihren KlassenkameradInnen. »Unsere Hautcreme hat nichts mit den Krankheiten in Afrika zu tun.« Sie hatte beschwörend ihre Hände gegen die Kinder ausgestreckt, die sie immer dichter umdrängten.

»Wir können nicht so tun, als wären wir schuld, wenn es doch nicht stimmt. Novacrem würde viel Geld verlieren. Uns macht das nichts. Mein Papa hat genug zurückgelegt. Aber die Arbeiter! Papa sagt, er hat eine Verantwortung für sie übernommen. Wir müssten die Arbeiter kündigen. Die können dann keine Miete mehr zahlen und kein Essen kaufen.«

Mein Zahnarzt hatte sich damals aufgeregt, obwohl ihn außerhalb seiner Praxis selten etwas interessierte: Es sei unmöglich gewesen von dieser Referendarin und Möchte-Gern-Revolutionärin, Britta vor ihrer Klasse bloßzustellen und die Kinder gegen sie aufzuhetzen. »Was kann das Mädchen für die Geschäfte ihres Vaters.«

Ich hatte das alles nicht verstanden; ich hatte mich lediglich gefreut, Britta in Bedrängnis zu sehen. Jetzt empfand ich Respekt für das vierzehnjährige Mädchen. Sie hatte sich gegen alle behauptet. Ich hätte das nicht geschafft. Und nun ging es wieder los mit den alten Geschichten.

Mir ging es da wie Michael. Ich beschäftigte mich lieber mit den schönen Visionen, statt im Schmutz der Wirklichkeit zu wühlen. Es gab immer jemanden, dem das weh tat.

»Wie findest du die Demo?«, fragte ich Patrick, der vor einer Weile zu uns gestoßen war.

»Ich weiß nicht. Für das Grundeinkommen ist es gut. So eine große Demo – da muss das endlich ernsthaft diskutiert werden von den Parteien. Wahrscheinlich ist Süderlenau erst der Anfang. Aber für uns? Vielleicht kriegen die Leute Angst, jetzt wo deutlich wird, was für ein Politikum das ist.

Wenn wir dafür stimmen, wird Süderlenau Wallfahrtsort. Na ja, Hauptsache, der Rubel rollt, nicht wahr? Das kurbelt den Tourismus an. Ich werd mich jedenfalls bis zur Wahl auf meine AG und auf Kneipengespräche beschränken. Schluss mit Großaktionen. Hej, da ist Micha! Nüchtern, wie es aussieht!« Er winkte. »Ich geh mal zu ihm. Wir sehen uns später.« Damit verschwand er in der Menge.

Hinter uns begannen sie zu skandieren:

»Eigne Meinung? Fliegste raus – so sieht es bei Sanddorn aus!«

»Leibeigenschaft ist abgeschafft, Sanddorn hat's noch nicht gerafft.«

»Sanddorn – wir kriegen dich!«

Ich hakte mich bei Amalia unter.

»Lass uns weg von denen. Vielleicht finden wir Silvia. Die müsste hier auch irgendwo sein.«

Überraschenderweise trafen wir sie tatsächlich. Sie stand am Straßenrand und beobachtete die Vorübergehenden.

»Sind Sie seit Donnerstag bei Katharina geblieben? Das ist eine Sensation!«, begrüßte sie Amalia herzlich.

»Ich bin zwischenzeitlich nach Hause geschickt worden«, gab Amalia zu. »Aber ich durfte wiederkommen.«

»Hmh.« Silvia war mit den Gedanken schon woanders. »Leider ist diese Demonstration anders, als wir uns das vorgestellt haben. Ich bin übrigens offiziell die Verantwortliche. Ich habe diese Veranstaltung angemeldet.«

»Oh.«

»Ja, das war unbedacht. Eben habe ich aufgeschnappt, dass einige von den Angereisten die genehmigte Route verlassen wollen, um vor dem Haus von Britta und Wolfgang zu demonstrieren.«

»Die kennen sich gut aus in Süderlenau«, staunte ich.

Silvia verdrehte die Augen.

»Katharina! Manchmal machst du mich rasend mit deiner Naivität. Das haben die natürlich vorher recherchiert. Es handelt sich nicht um eine Geheimadresse. Ja, und ich denke, ich werde auch dorthin gehen. Vielleicht ist es wichtig, dass jemand da ist, der im Notfall eingreifen kann.«

»Wir kommen mit«, erklärte Amalia.

Ich nickte der Form halber, obwohl es schien, als habe ich mich derart disqualifiziert, dass meine Meinung niemanden mehr interessierte.

Britta hatte ihr Elternhaus, abgesehen von einigen Jahren Studium in der Landeshauptstadt, nie verlassen. Es grenzte an den kleinen See, in dem wir als Kinder geschwommen waren, wenn die Ostsee uns zu kalt gewesen war. Hilmar und ich hatten mit den anderen Kindern auf der Wiese gelegen, während Britta und ihre Freundinnen stets auf dem Steg geblieben waren, der vor Sanddorns Grundstück ins Wasser ragte. Wir hatten beobachtet, wie sie ihre Handtücher nebeneinander auf den Planken ausbreiteten und sich in der Sonne aalten.

»Glaubst du, sie schwimmen noch?«, fragte Hilmar regelmäßig und hoffnungsvoll, als er etwas älter geworden war. Im Wasser fiel es ihm leichter, sich scherzend und mit kleinen Angebereien den Mädchen anzunähern. Ich habe keine Ahnung, welches der Mädchen ihm gefallen hatte, Britta ist es mit Sicherheit nicht gewesen. Vor Britta hatte man Respekt. Man liebte sie nicht.

Ich dachte daran, dass Margot in diesem Haus eine Art Gaststatus genossen hatte. Nun, bald ein halbes Jahrhundert später, holte Britta die alte Dame regelmäßig vom Bahnhof ab. Das alles war bizarr, und mit einem Mal empfand ich einen Anflug von Dankbarkeit, dass ich bei den Zahnärzten hatte aufwachsen können und mit Hilmar. Ob es eine bessere Möglichkeit für mich gegeben hätte? Margot zumindest war sie nicht eingefallen.

Als wir in die Gutsherrenstraße einbogen, sahen wir ein Grüppchen von knapp zwanzig Leuten, die sich vor dem Backsteinhaus mit den großen Fenstern und dem gepflegten Vorgarten versammelt hatten.

»Sanddorn! Sanddorn!«, grölten sie.

Ich kannte keinen von ihnen. Aus Süderlenau konnten sie nicht sein. Am Straßenrand lehnten ein paar Jugendliche gegen ein Auto und rauchten. Leonhardt Wede, das Mädchen und der Kumpel, der am Donnerstag dabei gewesen war, waren darunter.

»Heizt ihr ruhig ein«, rief Leonhardt. »Mir geht das schon lange auf den Senkel, wie die Tusse hofiert wird. Mein Alter immer vorneweg.«

»Sanddorn! Sanddorn!«

Dann öffnete sich die Tür.

Wie damals in der Schule! Sie stellte sich! In Kostüm und Pumps stand sie auf der Treppe. Trug sie so etwas zu Hause? Hatte sie sich umgezogen für diesen Auftritt?

»Was ist los mit euch?«, rief sie. »Ihr seid in Süderlenau nicht bei den Hottentotten!«

»Das ist Rassismus!«, schrie einer der Demonstranten.

»Sanddorn! Sanddorn«, skandierten die anderen.

»Ich kenne meinen Namen! Wenn ihr sonst nichts zu sagen habt, halte ich das hier für Zeitverschwendung.«

Hätte ich sie nicht über Jahrzehnte beobachtet, wäre es mir nicht aufgefallen: Ihre Stimme war schwach. Ich sah, wie sich neben mir Silvias Hand verkrampfte.

»Britta!«, rief sie. »Wir sind da!«

Britta drehte sich zu uns um. Offenkundig war sie überfordert, unsere Solidaritätsaktion auf die Schnelle als solche einzuordnen. Sie wankte, stützte sich einen Moment an der Hauswand ab.

»Katharina«, zischte sie, »immer dabei, wenn es gilt, mir das Leben schwer zu machen!«

»Huh!«, meinte Amalia.

Brittas Augen erstarrten. Erst dachte ich, es läge an mir, da hörte ich Wolfgang rufen.

»Britta! Britta!«

Neben ihm lief mit wehendem offenen Haar und verschmiertem Make-up Nora.

Langsam wandte Britta sich ab, klickte die Tür hinter sich zu.

»Britta!«, rief Wolfgang.

Die Jugendlichen kicherten, während Wolfgang fahrig in seinen Hosentaschen wühlte. Nora war bei uns stehengeblieben.

Wolfgang zog sein Schlüsselbund hervor. Er drehte sich zu dem Grüppchen Demonstranten um.

»Was wisst ihr schon?«, fragte er. »Haut ab! Fordert euer Grundeinkommen, aber lasst meine Frau in Ruhe!«

»Deine Frau schon, aber nicht die Geschäftsführung von Novacrem!«, brüllte einer.

Ein anderer legte ihm die Hand auf die Schulter.

»Lass mal, was soll das hier noch bringen.«

Wolfgang ging ins Haus.

Wir verzichteten auf eine längere Kundgebung am Ende der Demonstration. Silvia als offiziell Verantwortliche sprach ein knappes Grußwort, während die ersten Busse bereits starteten. Es hörte sowieso niemand hin.

»Meine schöne Ansprache«, meckerte Marita. »Irgendwas kommt immer dazwischen, wenn ich was zu sagen habe. Bei nächster Gelegenheit will ich das nachholen.«

»Patrick will künftig nur noch Kneipengespräche führen«, informierte ich sie. »Wenn wir weitere Aktionen wollen, müssten wir selbst was auf die Beine stellen. Der Auftritt vom Chor steht auch noch an.«

»Ob wir überhaupt noch eine Veranstaltung genehmigt bekommen nach heute?«

Marita ließ mutlos die Arme hängen.

»Ich setz das durch«, entschied Silvia. »Montag gehe ich zum Bürgeramt. Allerdings bestehe ich darauf, dass wir nur in der Lokalzeitung darüber informieren. Was machen wir überhaupt?«

»Ein Straßenfest«, schlug Marita vor. »Ich hab schon die ganze Zeit daran gedacht: Chorgesang und Vorträge auf einer kleinen Bühne, dann ein paar Stände mit Essen, Kinderschminken … So was macht Spaß!«

»Wir müssen den Termin im Chor absprechen«, wandte ich ein.

Silvia verkündete, sie werde den Bahnhofsvorplatz für Samstag in zwei Wochen reservieren, das war der Tag vor der Abstimmung. Bis dahin sollten wir alles geregelt haben.

»Und jetzt?«, fragte Amalia und wandte sich, als wir uns verdutzt nach ihr umdrehten, errötend an mich.

»Na ja, ich habe sicherheitshalber alles dabei, aber wir haben nicht darüber gesprochen, was nach der Demo ist.«

Silvia schüttelte unwillig den Kopf und nahm mich unter ihren strengen Blick. Es war einer der Momente, in denen mir klar wurde, warum die Schülerinnen und Schüler bei ihr viel besser spurten als in meinem Unterricht.

»Wir können nicht zu mir gehen«, stotterte ich. »Ich habe ein Ungeheuer im Wäschepuff.«

»Im Wäschepuff? Hast du es noch immer da liegen?«

Silvias Blick erweichte.

»Häh?«, machte Amalia.

»Ich erklär's dir später. Also, wenn ihr nichts dagegen habt, hole ich schnell ein paar Sachen von zu Hause und treffe euch in einer Viertelstunde in der Atempause. Mit dem nächsten Zug fahren wir dann zu dir – wenn du willst, Amalia.«

Ihr Mund zog sich breit und quer durch ihr Gesicht. Sie nahm mich in die Arme und küsste mich – mitten auf dem Bahnhofsvorplatz in Süderlenau.

Montag in der Pause mit Silvia:

»Kann ich dir heute Nachmittag das Tagebuch bringen?«

»Du kannst zu mir kommen – etwas später, sagen wir, um fünf. Ich muss noch zum Amt wegen des Straßenfestes. Michael ist ausgezogen.«

»Ach!«

Mir blieben einige Stunden zwischen Schulende und der Verabredung mit Silvia. Ich setzte mich ans Klavier – endlich, nach Tagen genoss ich die Vertrautheit der Tasten, die Beweglichkeit meiner Finger, die Klänge, die ich erzeugte, die Erfahrung des Spielen-Könnens.

Dann war es vorbei. Das Buch lag im Wäschekorb und wartete auf mich. Uns verblieben wenige gemeinsame Stunden. Ausatmend stand ich auf, marschierte ins Badezimmer, um es mir zu holen. Das eine wollte ich noch wissen, dann konnte Silvia es in ihre Obhut nehmen.

Margot setzte Entscheidungen schnell um, und so fand ich die Textstelle, die ich suchte, nur wenige Seiten hinter dem Zahnstocher, den ich als Lesezeichen eingelegt hatte.

Ich war mir sicher, er würde sie aufnehmen. Er war ein anständiger Kerl, gebildet, mit Geld, und er hatte mich ehrlich geliebt. Er war das Beste, was ich für Katharina tun konnte. Er würde meine Schrift erkennen und sie aufnehmen. Bestimmt! Er hatte immer gesagt, seine Frau wünsche sich ein zweites Kind, ein Mädchen.

Ich stellte den Korb mit Katharina vor die Tür und legte den Brief obenauf. Ich klingelte nachdrücklich, zwei Mal, dann lief ich die Treppenstufen nach oben, wo er mich nicht sehen würde. Ich hörte, wie die Tür ging.

Stille. Dann: »Komm mal, Gerda!«

»Ach, du großer Gott!«
Er: »Margot? Margot, bist du hier?«
Sie: »Wieso Margot? Warum rufst du nach Margot?«
Er: »Nein, hier steht, sie heißt Katharina.«
Sie: »Katharina! Ein Mädchen.«
»Sie bittet uns, sie aufzunehmen!«
»Wer sie?«
»Was weiß ich – die Mutter!«
»Margot? Willst du mir Margots Kind unterjubeln?«
»Ich will dir gar nichts unterjubeln, aber wir haben uns immer ein Mädchen gewünscht, nicht wahr? Sieh nur die kleinen Hände.«
»Komm jetzt rein mit dem Kind. Was steht ihr da im kalten Flur. Na jedenfalls hat sie Gläschen dazugelegt – und ein warmes Fläschchen. Weit kann sie nicht sein, diese Mutter. Wir müssen morgen zum Jugendamt gehen. Dann sehen wir weiter. Also so was! Ein Baby vor der Haustür.«
Die Tür klappte. Mir war mein Kind verloren. Mein Kind, das es offiziell nie gegeben hatte, heimlich in Hamburg geboren, in meiner ersten eigenen Wohnung.
Ich weinte, aber was machte das schon. Mein Kind war in Sicherheit vor mir.

»Sie hat mir ein Fläschchen mit in den Korb gelegt – ein warmes Fläschchen.«

»Ach, Katharina!« Silvia nahm mich in den Arm, und ich weinte. Es war das erste Mal in meinem Leben, dass ich in den Armen eines anderen Menschen weinte. Es ging!

»So«, sagte ich endlich, wobei ich mich entschlossen aufrichtete, um dem Tränenstrom ein Ende zu setzen. »Nun nimm das Buch und heb es gut auf, aber lies nicht darin!«

»Natürlich nicht!«

Sie ging zu dem großen Sekretär, aus dem sie, Mitte links, eine Schublade zog, wobei es nervenzerreibend quietschte. Es quietschte erneut, als sie das Buch hineingelegt hatte und die Schublade in ihr Fach zurückschob. Es war gut so.

»Wie war es bei Wede?«

Silvia hatte tatsächlich mit Wede persönlich gesprochen.

»Das Grundeinkommen ist Chefsache geworden. Stell dir vor, er unterstützt die Idee.«

»Aha!«

Wede hatte, so Silvia, ein wenig herumgedruckst – mit Novacrem stünde es nicht zum Besten, nachdem die alten Geschichten wieder aufgewärmt worden waren. Es habe ernsthafte Umsatzeinbußen gegeben. »Vertrauensverlust«, meinte Wede. Es täte ihm leid für Frau Sanddorn, aber er müsse in erster Linie an das Wohl von Süderlenau denken, und nun zeichne sich ab, dass mehrere Geschäftsleute in Süderlenau investieren würden, sollte hier das Grundeinkommen eingeführt werden. Tatsächlich sei absehbar, dass ein vielversprechender Markt entstünde. »Ich habe das unterschätzt«, hatte Wede gesagt. »Dieser junge Arbeiter von Novacrem, der mich neulich herausgefordert hat, der ist gar nicht so dumm. Recht hatte er mit seinen Vorhersagen.« Es sei nun sehr wichtig, die Bevölkerung ›aufzuklären‹ – ein Straßenfest sei eine hervorragende Idee.

»Na ja«, meinte ich, »mit Wede auf unserer Seite kann eigentlich nichts mehr schiefgehen.«

»Hoffentlich ...« Silvia zog die Oberlippe schief. »Deine Amalia sieht das anders. Eine kluge Frau übrigens, wenn ich du wäre – ich würde sie festhalten.«

Ich knurrte leise.

»Apropos festhalten – ich möchte dir zeigen, was Michael mir zum Abschied geschenkt hat.«

Silvia wohnte in einer Doppelhaushälfte – beinahe abbezahlt. Nach hinten raus gab es einen kleinen Garten, den sie mit viel Freude pflegte. Zwischen den Blumenrabatten hatten die steinernen Skulpturen, die Michael in besseren Zeiten geschaffen hatte, seit Jahrzehnten ihren festen Ort gefunden.

»Wenn ich so etwas wie Liebe für ihn empfinde, dann hier«, hatte sie mir einmal gestanden.

Sie drückte den Hebel an der Terrassentür nach unten, und wir traten in die kühle Herbstsonne. Die neue Skulptur wuchs aus der Erde eines marmornen Blumenfußes. Die Maserung schimmerte rötlich im Licht des Abends.

»Holz!«, staunte ich.

»Ja, ich habe Holz immer mehr geliebt als den kalten Stein – daran hat er gedacht.«

Ich ging dichter an die Skulptur heran. Sie hatte die ausufernde Form eines fetten Mannes, viel Bauch, der Kopf gesichtslos. An Stelle eines Armes wuchs eine Frau aus dem rechten Schultergelenk. Mit seiner linken Hand hielt er ihren Hals umfasst, zwang sie, die sich abwenden wollte, in seine Richtung.

»Er hat etwas hineingraviert …« Silvia riss die Augen auf, wie sie es stets tat, wenn sie ihre Tränen für sich behalten wollte. »… in den Bauch – ich habe es erst spät entdeckt und musste es mit der Leselupe entziffern.«

Sie nickte. Es dauerte eine Stille, bis sie ansetzte und ohne zu stocken zitierte: »›Irgendwann wird er sie freigeben, nicht aus Einsicht und nicht aus Liebe, sondern weil er den Arm braucht, mit dem er ihre Aufmerksamkeit erzwingt.‹«

Silvia riss wieder die Augen auf.

»›Danke‹, hat er gesagt, und es tue ihm leid. Er ist zum Entzug in die Klinik gegangen.«

Sie schwieg eine Weile, bevor sie fortfuhr:

»Ich frage mich, wie er seinen linken Arm gefunden hat.«

»Er arbeitet mit Patrick zusammen.«

Sie sah mich an: »Ach, und du weißt das ...«

»Erst seit Samstag. Ich ...«

»Schon gut. Es ist letzten Endes gleichgültig. Von Bedeutung ist nur, dass ich frei bin, nach all diesen Jahren.«

»Und wenn er es nicht durchhält?«

»Trotzdem! Er hat mich losgelassen. Das gilt. Ich frage mich nur, was für eine Freiheit das ist, die da auf mich zukommt. Frei von Michael – aber frei wofür?«

»Wenn dann noch das Grundeinkommen kommt ...«

Sie unterbrach mich.

»Ich habe vorgesorgt. Für mich reicht es finanziell. So oder so scheide ich zum Ende des Schuljahres aus dem Schuldienst aus. Deine Amalia hat mir von der ›Universität der Sinnsuchenden‹ erzählt. Das wäre vielleicht was.«

»Du scheidest aus dem Schuldienst aus.« Das Loch, das entstehen würde, brannte augenblicklich.

Sie sah mich überrascht an. »Selbstverständlich! Du nicht?«

Ich zog die Schultern hoch, öffnete die Hände. »Ich weiß nicht.«

»Deine Sehnsucht – das Leben mit dem Klavier ...«

Sie hätte ›dein Traum‹ sagen können, aber sie sagte ›Sehnsucht‹, ein Wort, das schmerzte und alles verschlang, was mir etwas zu bedeuten schien – den Chor, das Klavier, die Musik. Nur Amalia blieb erkennbar in dem Nebel, der sich verdichtete, bis unter meiner Schädeldecke nichts mehr existierte als graue konturlose Feuchtigkeit.

Dann kam der Samstag, ein weiterer sonniger Herbsttag in diesem Jahr. Um zehn Uhr waren sämtliche Stände aufgebaut. Die Stadt hatte für eine Bühne gesorgt und Künstlerinnen und Künstler eingeladen, die zwischen unseren Vorträgen das Programm beleben würden. Ein großes beheiztes Zelt war aufgestellt worden, in dem die Leute sich aufwärmen und an Bistrotischen Kuchen essen und Kaffee trinken konnten. Ich meinte die Spannung zu spüren an diesem Tag, den nur eine Nacht von der großen Entscheidung trennte.

Patrick hatte mit einigen Jugendlichen ein großes, in weißes Tuch geschnürtes Paket in einem Rollwagen angefahren. Sie hatten es von der Karre auf ein Podest nahe der Bühne gehievt. Auf meine Frage hatte Patrick mit geheimnisvoller Miene geantwortet. »Ein Beitrag von Michael und mir.« Nun weckte die verhüllte Gestalt die Neugierde der ersten Besucherinnen und Besucher.

Einige Kinder breiteten Decken aus, auf denen sie aussortiertes Spielzeug zum Verkauf anboten. Wede stolzierte herum und verteilte Luftballons mit dem Aufdruck: ›Süderlenau – erste Stadt mit Grundeinkommen‹. Das Programm startete um elf Uhr mit der Begrüßungsrede des Bürgermeisters. Im Anschluss sollte der Chor auftreten. Amalia war gekommen, sie hatte darauf bestanden. Mir wurde das so langsam zuviel.

»Ich rücke dir schon nicht auf die Pelle«, hatte sie behauptet. Sie sei ohnehin mit Silvia verabredet. Wenn das nicht ›auf der Pelle‹ war. Trotzdem machte es mich glücklich, ihr Gesicht anzusehen, als wir uns zum Ende des Stückes unter dem Applaus des Publikums verneigten.

»Und jetzt!«, rief Patrick, nachdem der übrige Chor die Bühne verlassen hatte, »folgt passend zum Musikstück – die Enthüllung!«

Sieben Jugendliche standen, mit Tapeziermessern bewaffnet, reglos neben dem weißen Rätsel.

»Los!«, gab Patrick den Auftakt. Die jungen Leute gerieten in Bewegung, zerschnitten mit wenigen gezielten Handgriffen die Schnur, ergriffen das Tuch und zogen es mit einem gemeinsamen Ruck herunter.

Natürlich war es eine Skulptur, der obere Teil ein typischer Patrick: eine drahtige Figur, aus verschiedenen Restmetallen geschaffen und am Ende einheitlich braun angesprüht. Auffallend war die Vielzahl der Hände, über die diese Figur verfügte und die aus Schrauben, Bohrern, Nadeln und Zirkeln zusammengesetzt waren. Der Sockel bildete einen deutlichen Kontrast zu der eigentlichen Figur. Er bestand aus glattgeschliffenem, leicht rosa gefärbtem Stein. Mit seinen sanften Wölbungen wirkte er weiblich auf mich, ließ mich an Frauenbrüste denken.

Neben der Skulptur hatten die Jugendlichen eine Tafel aufgestellt.

Das Grundeinkommen

»Wer hoch springen will, braucht festen Boden
unter den Füßen.«

*Zitat einer Skulptur von Joan Miró, geschaffen
von Patrick Giebel und Michael Rost*

»Gefällt sie dir?« Michael stand neben mir. Er war schmaler als sonst, vor allem das Gesicht eingefallen, die Haut noch immer großporig und gerötet. Er war nüchtern.

»Sehr! Sie ist schön! Vor allem der Sockel. Ist der von dir, der feste Boden unter den Füßen? – Silvia?«

Er musterte mich. »Nein, das ist nicht mehr Silvia.«

Schweigen. Dann: »Das mit Silvia ist vorbei. Seltsam ist das allerdings. Unfassbar wie der Tod. Vorbei. Aber so ist es.«

Nickend hing er dem Gedanken nach, mit der Hand über den Stein fahrend.

»Das hier ist die Geborgenheit, die Sicherheit, das Aufgehobensein. Du hast schon recht, das alles ist weiblich bei mir – die Frau an sich.«

Ich lächelte verständnisinnig.

»Mein Gott, ist das eng hier.« Michael sah sich unbehaglich um. Das Werk begutachtend und kommentierend hatte sich ein Pulk von Leuten um die Skulptur geballt, während ein weiterer Menschenschwarm Patrick umdrängte. Michael kannte keiner. In den vergangenen Jahrzehnten, in denen er sich in Silvias Wohnung verkrochen hatte, war er fremd geworden in Süderlenau. Außer Silvia, Patrick und mir wusste wahrscheinlich niemand, dass er der zweite beteiligte Künstler war.

»Ich gehe besser.« Seine Finger zappelten, sein Blick suchte. »So ein Fest ist riskant für mich. Wird hier Alkohol ausgeschenkt?«

»Nein«, behauptete ich, obwohl ich mir nicht sicher war.

»Trotzdem.« Schon im Aufbruch wendete er sich mir noch einmal zu. »Es war schön, dich zu sprechen, Katharina.«

Das fand ich auch. Ich warf ihm ein Lächeln hinterher, war bereits abgelenkt, denn eben bahnte sich Nora einen Weg zu Patrick. Sie schien ihn umarmen zu wollen. Ich sah, wie er seine Hand gegen ihren Arm legte, sie auf Abstand hielt, kaum merklich den Kopf schüttelte.

Einige Sekunden lagen sie einander in den Augen, bevor Nora sich wegdrehte. Den Kopf gesenkter als gewöhnlich, pflügte sie ihren Weg zurück. Es traf mich, und ich überlegte, ihr nachzugehen. Als ich es nicht tat, ihr lediglich mit den Augen folgte, wusste ich, dass wir uns entfremdet hatten. Sie ging zu unserem Stand mit den Informationsmaterialien, von wo ihr ein Mann entgegenging, ein Freund, wie es schien. Er streichelte wie tröstend ihre Wange, kurz darauf legte sie ihre Stirn gegen seine Schulter. Er hatte die Figur von Wolfgang. Ich denke, er war es.

Am Sonntag wurden die Wahlurnen aufgestellt. Verbeamtete Lehrerinnen sind verpflichtet, bei Wahlen als Helferinnen zur Verfügung zu stehen. Diesmal hatte es mich erwischt, zum Glück gemeinsam mit Silvia. Wir hatten dafür gesorgt, dass wir für dieselbe Schicht eingeteilt wurden, im gleichen Wahllokal, dem Klassenraum der 1b. Nachdem ich mich mit dem verlorenen Vormittag abgefunden hatte, genoss ich die an diesem Ort ungewöhnliche Gemächlichkeit.

Die meisten erschienen mit guter Laune und blieben ein Weilchen zum Schwatzen. Der Vormittag brachte uns einen Überblick darüber, was die Süderlenauer mit ihrem Grundeinkommen anzustellen gedachten: Die meisten wollten weiterleben wie gehabt und das zusätzliche Einkommen sparen – für ein Auto, die Ausbildung der Kinder, ein Sabbatjahr, ein Segelboot. Die Wirtschaft würde boomen, wie es der Arbeiter von Novacrem vorausgesagt hatte.

Silvia gähnte. Sie habe schlecht geschlafen.

Später: Michael sei in der Nacht gekommen.

»Er hat vor meinem Haus gestanden und nach mir gerufen. Betrunken.«

Patrick hatte ihn vor die Tür gesetzt: ›Nicht wenn du besoffen bist.‹

»Da bin ich ihm eingefallen.«

»Und …?«

Sie schüttelte den Kopf.

»Aber es hat weh getan.«

Wolfgang Sanddorn betrat das Wahllokal.

»Guten Morgen.« Er lächelte, trotzdem war es beinahe unhöflich, wie er mir, ohne mich anzusehen, seinen Personalausweis und die Wahlbenachrichtigung hinschob. Während ich die Bürgerliste durchblätterte, forschte ich nach seinem Blick, der starr blieb. Der Mann hatte offenkundig andere Probleme als das Grundeinkommen. Ich strich seinen Namen aus der Liste. »Bitte«, sagte ich und wies auf die Wahlkabinen.

»Irgendwas stimmt nicht mit ihm«, flüsterte ich Silvia zu.

Als er die Kabine wieder verließ und sich in Richtung Ausgang aufmachte, nahmen wir ihn gemeinsam ins Visier. Die Haare, wie immer glatt nach hinten gekämmt, Anzug, Mantel, Schal. Es war wie auf diesen Ratebildern für Kinder: ›Finde die zehn Unterschiede!‹. Auf den ersten Blick denkt man, die Bilder seien exakt gleich. Einige seiner Haare lagen schief über den anderen, der Schal hing vorne zu weit herunter, ein Knopf an der Anzugjacke stand offen ... Er sah aus, als habe er sich am Morgen zu wenig Zeit für die Toilette genommen, sei geradezu aus dem Haus gestürzt.

In der Tür traf er mit Nora zusammen, die eben hereinkam. Beide stockten in ihren Bewegungen, sagten jedoch nichts. Wolfgang schien im Vorbeigehen etwas zu murmeln. Dann war er draußen im Gang verschwunden.

Nora kam langsam auf meinen Tisch zu, gedankenumwölkt, und zuckte zurück, als ich sie grüßte.

»Entschuldige, ich habe nicht einmal bemerkt, dass du es bist, Katharina.«

Ich reichte ihr einen Wahlschein.

Wahrscheinlich hatte sie das Vertraute in mir wiederentdeckt, denn sie zögerte, stand dort irgendwie ratlos mit unsteten Augen, obwohl das gar nicht zu ihr passte, zu der

Geradlinigen, und schließlich brachte sie hervor: »Bei mir geht es drunter und drüber zur Zeit. Vielleicht können wir mal wieder reden – bei Gelegenheit.«

Ein Wahllokal, das wurde mir klar an diesem Vormittag, war ein guter Ort, um Verflechtungen, Irrungen und Wirrungen in einer Kleinstadt aufzudecken. Wäre ich Krimiautorin, ich würde darauf zurückkommen.

Wie zur Bestätigung meiner Gedanken kam kurz danach Michael Rost, frisch gewaschen, in sauberem weißen Hemd und Jeans. Als er an unseren Tisch trat, roch ich Rasierwasser.

Obwohl ich frei war, wartete er hinter der jungen Frau, die sich von Silvia den Wahlschein erklären ließ.

»Hallo! Hast du deinen Personalausweis dabei?«

Sie musterte ihn von unten her aus schmalen Augen. Er nickte, legte ihr das Dokument hin.

»Wird nicht wieder vorkommen«, nuschelte er, den Blick auf der Tischplatte.

»Vielleicht hängt einfach mehr dran, als du denkst, Michael«, brummelte sie, während sie gleichzeitig routiniert die Liste durchging. »Vielleicht solltest du dich nach weiterer Unterstützung umsehen.«

»Vielleicht ... Jedenfalls, ich hab's nicht aufgegeben. Denk das nicht.« Er nahm den Wahlschein entgegen.

Ich sah es in Silvias Augenwinkeln glitzern.

»Phh«, sagte sie, als Michael in der Kabine war.

Für vierzehn Uhr war die Ablöse vorgesehen. Fünf Minuten vorher, unsere beiden Nachfolgerinnen hängten eben ihre Jacken an die Garderobe, spazierte Hilmar herein. Er grinste, als er mich dort sitzen sah.

»Macht's Spaß, Katinka? Ich weiß übrigens immer noch nicht, was ich wählen soll. Beide Seiten haben ihre guten Argumente.« Bedächtig und mit einem verräterischen Funkeln in den Augen wiegte er den Kopf. »Für mich persönlich ist es egal. Ich verdiene gut und habe noch Freude dabei.«

»Aber Heidrun.«

Er lachte fröhlich und beugte sich vor.

»Ich habe mit Heidrun gesprochen und vorgeschlagen, zu ihrer Absicherung unsere Eigentumswohnung auf sie zu überschreiben. Die Lebensversicherung, die ich für Josefa und sie im Falle meines Todes abgeschlossen habe, will ich in eine Rentenversicherung auf ihren Namen umwandeln lassen. Dann wäre sie im Fall unserer Trennung unabhängiger. Was denkst du, wie sie reagiert hat?«

»Hmh! Sie hat gesagt, sie liebe dich und könne sich niemals vorstellen, dich zu verlassen.«

Wir kicherten.

»So ähnlich! Ob ich ihr auf Teufel komm raus ein Bekenntnis zu mir abnötigen wolle. Sie könne mich nicht verlassen, das wisse ich. Josefa brauche nämlich ihren Vater.«

»Also aus mütterlicher Besorgnis erduldet sie die Ehe mit dir. Die Arme!«

»Ich habe trotzdem alles in die Wege geleitet. Und sie hat mich später trotzdem geküsst. Verärgert natürlich! Du siehst, wir brauchen das Grundeinkommen nicht. Aber ich stimme dafür! Deinetwegen!«

Silvia stand schon fertig angezogen am Ausgang. »Tschüs!«, rief sie. »Wir sehen uns später in der Atempause.«

Der Hintern plattgesessen, war mir nach einem Spaziergang. Ich hatte mir mittlerweile den Schlenker durch die Gartenanlagen auf meinen Rundgängen zur Gewohnheit gemacht.

Ganz Miss Marple erkundigte ich mich bei meinem Zwischenstopp an Patricks Garten nach dem Stand der Dinge zwischen Nora und ihm.

»Vorbei.« Der Pinsel mit der Rostschutzfarbe beschleunigte seine Streichbewegungen auf dem Blech.

»Ist es wegen Wolfgang?«

»Nein.«

Er tunkte die Borsten ins Terpentin und quetschte darin herum.

»Mir ist die Liebe abhanden gekommen. Das ist es. Es ist eine Fremdheit zwischen uns gewachsen, die hat all unsere Möglichkeiten verschluckt. Wir haben das nicht verhindert. Wolfgang … ist wohl ein Freund. Nora sagt, er spricht nur von Britta. Er macht sich offenbar Sorgen um sie. Britta soll es sehr schlecht gehen. Nora meint, Wolfgang ist selbst schon mit den Nerven am Ende. Kann schon sein, dass Nora sich etwas anderes mit Wolfgang wünscht …«

Er nahm einen weißen Lappen und wischte den Pinsel darin ab.

»Du bist übrigens reichlich eindringlich heute, Katharina. Frag Nora doch selbst.«

Er musterte die Borsten.

»Ich denke, Nora könnte eine Freundin zurzeit gut gebrauchen.«

Er legte den Pinsel auf den Plastegartenstuhl neben sich.

»Und jetzt gehe ich ins Wahllokal und sorge dafür, dass das Grundeinkommen kommt. Sonst – ade, meine Träume.«

»Mach dir keine Gedanken«, rief ich ihm hinterher. »Da hat kaum einer dagegen gestimmt. Da bin ich sicher.«

Wir saßen an der großen Fensterfront und beobachteten den Bahnhof. Der Zug und Amalia hatten Verspätung.

Selbst in der Atempause war ein Fernseher aufgestellt worden. Das Regionalfernsehen berichtete über die Wahl in Süderlenau und gab zwischendurch den jeweils aktuellen Stand der Stimmzählungen bekannt.

»Sieht so aus, als müsstest du dir nun doch überlegen, was du tun wirst«, meinte Silvia. »Andererseits – selbst wenn das Grundeinkommen heute scheitert: Für dich wird Margot sorgen.«

»Nein!«, brauste ich auf.

Sie zuckte mit den Schultern.

»Das Geld ist so oder so von Margot.«

Ebenso vorsichtig wie nachdrücklich stuckte ich meine Fußspitze gegen ihren Schuh.

»Tu nicht so begriffsstutzig. Als Bürgerin ein Grundeinkommen zu erhalten ist etwas anderes, als sich von der Mutter aushalten zu lassen.«

»Gebärerin«, verbesserte Silvia mit einem Augenaufschlag.

»Egal – es kommt nicht in Frage. Außerdem kennst du meine Pläne. Ich werde Klavier spielen.« Die Worte klickten schal und ohne Resonanz an meine angespannte Seele.

»Das klang mal anders«, stellte Silvia fest.

»Aber ich spiele gern Klavier.« Wie sich das anhörte.

»Nur die Leidenschaft hat sich scheint's verflüchtigt.«

Silvia war unerträglich.

»Vielleicht solltest du Amalia nach Süderlenau holen – ach, da kommt sie schon.«

Der Zug fuhr ein. Ich sprang auf. An einem Tisch nahe der Tür erhob sich Britta.

Ich winkte Silvia und hetzte zum Ausgang.

»Katharina.«

Ich stolperte, streckte meine Hand haltsuchend in den Vorhang. Britta fing mich am Arm auf. Ihr Gesicht war erschreckend nah. Dann stand ich wieder.

»Katharina! Ich wollte mich für mein ausfälliges Verhalten am Samstag entschuldigen. Ich war überfordert.«

Ich spürte meine Wimpern flackern. Britta war klein ohne ihre Hackenschuhe, unspektakulär in der Stoffhose und dem grünen Lodenmantel, selbst ihre Augen waren verändert, wirkten größer und hungriger als sonst.

»Schon in Ordnung. Verständlich. Entschuldige, ich muss jemanden abholen.«

Sie nickte, und ihr Mundwinkel verzog sich aufwärts.

»So ein verrücktes Huhn«, hörte ich sie murmeln, als ich die Tür aufriss und zum Bahnhof stürmte. Der kurze Moment der Nähe hatte mich verwirrt. Wie nah war mir Britta Sanddorn?

Man könnte einen Gentest in Auftrag geben, überlegte ich eben, als mit einem Mal Margot auf dem Bahnsteig stand.

Britta schritt an mir vorüber.

»Hattest du eine gute Reise, Margot?« Sie griff nach dem kleineren der beiden Koffer.

»Katharina!«, rief Margot.

»Katharina!«, rief Amalia und fiel mir um den Hals. Als ich mich aus einigen der schönsten Minuten meines Lebens löste, standen Britta und Margot bereits am Taxistand. Der Fahrer hatte soeben den zweiten Koffer im geöffneten Kofferraum verstaut.

»Warte!« Ich ließ Amalia stehen, strebte zu dem Bauch, in dem ich einmal gelebt haben sollte.

»Hallo, Margot.« Ich streckte ihr meine Hand entgegen. Sie nahm sie in ihre beiden faltigen. Der Fahrer duckte sich hinter das Steuer.

»Uhr läuft«, knurrte er aus dem Fenster.

Britta ging zum Fond. Die hintere Tür des Fahrzeugs knallte zu. Margot ließ mich los.

»Wir sehen uns noch, Katharina. Jetzt habe ich zu tun.«

Als der Wagen anfuhr, stand Amalia neben mir, den Arm um mich gelegt.

»War sie das?«

In diesem Moment wusste ich, wonach ich mich sehnte.

»Nun habe ich sogar Zeit, mich in deiner Wohnung umzusehen«, stellte Amalia fest. Sie strich über den Deckel meines Klaviers.

Ich goss heißes Wasser über den frischgeschnittenen Ingwer. Das Bild, das mir auf dem Bahnhof gekommen war, war klarer geworden und damit umso lächerlicher: Amalia und ich kannten uns eben sechs Wochen.

»Sag mal, Amalia, hast du jemals daran gedacht, ein Kind zu bekommen?«

Es gab keine Möglichkeit, alle Menschen, die an dem Festakt hätten teilnehmen wollen, in einem Raum unterzubringen. Daher waren nicht nur in der ATEMPAUSE, sondern auch im SAUREN HERING und in der Aula unserer Schule Fernseher aufgestellt worden.

Zu dem Wärmezelt, das seit Samstag auf dem Bahnhofsvorplatz stand, waren zwei weitere gekommen. Alle drei waren auf die Großleinwand ausgerichtet, die vor dem Bahnhofsgebäude installiert worden war. Wenn die Übertragung begann, sollte die Plane an der Zeltfront hochgezogen werden, um den Blick freizugeben.

Viele Bürgerinnen und Bürger würden sich für die gemütlichere Variante entscheiden und die Ereignisse vom heimatlichen Sofa aus im Fernseher verfolgen. Im Anschluss an die Bekanntgabe des Wahlergebnisses war ein geselliges Miteinander in den Straßen und auf den Plätzen von Süderlenau vorgesehen, wo Geschäftsleute und Vereine bereits ihre Stände aufgebaut hatten.

Wede und weitere Regierungsvertreter befanden sich im Sitzungssaal des Rathauses, der vom Licht der Scheinwerfer geflutet war. Seit dem Nachmittag wurden dort die Stimmen ausgezählt. Man würde das Ergebnis diskutieren und zu einer Entscheidung kommen, die Wede vor laufenden Kameras bekanntgeben sollte.

Zwanzig Uhr. Amalia und ich saßen eng aneinandergepresst in dem großen Sessel in meinem Wohnzimmer. Oben auf dem Klavierkasten, wo nun mein tragbarer Fernseher Aufstellung genommen hatte, flimmerte Wedes Gesicht.

»Die Auszählung der Stimmen hat eine überwältigende Mehrheit für das Grundeinkommen ergeben«, gab er bekannt.

Wir wollten uns zuprosten und jubeln, doch Wede verhinderte das, indem er mit erhöhter Geschwindigkeit und eindringlich fortfuhr: »Die Stadtregierung … Die Stadtregierung hat daraufhin einstimmig beschlossen, das großzügige Geschenk von Margot Krause anzunehmen, doch …«

Wieder gelang es ihm, unser Freudengeschrei noch in der Kehle zu ersticken, diesmal um sicherzugehen, dass wir die Unglücksbotschaft zur Kenntnis nahmen, die er uns mitzuteilen hatte:

»… doch auf Landesebene ist kurzfristig eine Verfügung erlassen worden, die es unmöglich macht, in der nächsten Zeit ein Bürgergeld, in welcher Form auch immer, isoliert in einer Region des Landes einzuführen.«

»Das hatte ich befürchtet.« Amalia legte den Kopf zurück, um mich ansehen zu können.

Wede sprach unbeirrt weiter: »Anscheinend besteht Sorge, der vorausgesagte Boom in Süderlenau könne die Wirtschaft in anderen Regionen bedrohlich schwächen. Natürlich wurde von Süderlenau nach Bekanntgabe des Coups sofort Widerspruch eingelegt. Das Verfahren wird sich voraussichtlich über Jahre hinziehen. So ist heute nichts zu feiern als der Abschluss einer intensiven Zeit, die die Bürgerinnen und Bürger unseres Städtchens einander näher gebracht hat und die, wie ich in vielen, vielen Gesprächen erfahren habe, der Anstoß zu einem neuen Nachdenken über die eigenen Lebensvorstellungen geworden ist. Ich danke Margot Krause, die uns mit ihrem Angebot eine besondere Erfahrung ermöglicht hat.

Nun wünsche ich, dass möglichst viele Bürgerinnen und Bürger hinausgehen und die Gelegenheit nutzen werden, unsere kleine Stadt als eine Agora zu erleben – als Ort, an dem jeder mit jedem ins Gespräch kommen kann über die Dinge, die uns alle bewegen.«

Noch während Margot ein gewaltiger Blumenstrauß überreicht wurde, stand ich auf, ging zum Fernseher, schaltete ihn aus.

»Aus der Traum!«

Amalia setzte zu einer Erörterung wirtschaftspolitischer Erwägungen an, aber danach war mir nicht. Wie sollten wir nun unser gemeinsames Kind durchbringen? Amalia lachte und streichelte mir die Wange. Ich wollte zu den anderen auf die Straße.

Wir waren nicht die ersten, und stetig strömten weitere Menschen aus den Haustüren.

»Ich will ein Bier.«

Wir holten Flens, stellten uns an einen der runden Plastetische und stießen auf die Hoffnung an.

Am Nebentisch schluchzte Kathrin auf.

Ich reichte ihr ein Taschentuch, worauf sie sich eingeladen sah und sich zu uns gesellte.

»Ich hatte gehofft, dass es endlich vorbei ist«, weinte sie, »immer zerrissen zwischen dem Kind und der Arbeit. Diese elende Arbeit! Und immer allein mit allem. Ich will das nicht mehr.«

»Abwarten«, meinte Amalia freundlich. »Noch ist nichts endgültig – vielleicht fehlt nur ein wenig Überzeugungsarbeit gegenüber dem Land.«

Wir zogen eine Weile zu dritt weiter, bis uns Marita begegnete, an die wir nach dem Austausch von Enttäuschung und Empörung Kathrin verloren.

Im Wärmezelt stellte eine Gruppe Novacremer lauthals Vermutungen über die Beweggründe des Landes an.

»Da stecken die Bonzen hinter! Die Unternehmer! Wehret den Anfängen, denken die sich.«

Einer entdeckte Amalia und winkte sie heran.

»Sie sind doch die Expertin!«

Zufrieden postierte ich mich neben meine kluge Freundin.

Eine Hand berührte mich an der Schulter. Nora.

»Bitte, ich muss mit dir sprechen.«

Sie deutete mit dem Kopf auf einen freien Tisch.

Amalia drehte sich um.

»Allein, wenn's geht«, bat Nora zaghaft. Ihr Gesicht war klein geworden. Einige Muskeln zuckten darin.

Amalia musste es auch gesehen haben.

»Ich bin hier noch im Gespräch«, sagte sie zu mir. »Wir treffen uns in einer Stunde am Ausgang.«

Ich nickte. Dann gab ich ihr einen Kuss auf die Wange.

In Süderlenau und vor den Augen der Arbeiter von Novacrem.

Nora hatte sich schon an den Tisch gesetzt, saß auf einem roten Klappstuhl, eng in ihren Mantel gehüllt.

»Mir ist kalt«, klagte sie dünn.

»Du siehst schlecht aus.«

Sie vergrub ihren Kopf in den Händen. Dann straffte sie sich und sah mir gerade ins Gesicht.

»Es ist etwas Furchtbares passiert, und ich frage mich, ob ich mitschuldig bin. Wolfgang hat Britta gefunden. Sie lag in der Badewanne. Alles war rot, hat er gesagt. Er hat sie sofort in die Notaufnahme gefahren. Man weiß nicht, ob sie überlebt.«

Nora hatte ins Krankenhaus kommen wollen, um ihm beizustehen.

»Aber er wollte nicht. Es sei rücksichtslos gegenüber Britta.«

Nein, sie seien kein Liebespaar.

»Wolfgang liebt Britta. In der Nacht auf Samstag – das war ein Ausrutscher, sagt er. Er brauchte Trost – und ich auch.«

Britta hatte sich jedoch auf keine Diskussion eingelassen.

»Sie hat ihn sofort vor die Tür gesetzt. Vielleicht hat sie auch nur einen Vorwand gesucht, um allein zu sein. Ihren Plan zumindest hatte sie längst geschmiedet. Den Brief hat sie dem *Süderlenauer Boten* schon am Freitag zugeschickt.«

Der beiliegende Artikel solle in die Montagsausgabe und vorher kein Wort nach außen, hatte sie geschrieben.

Britta gab die Insolvenz von Novacrem bekannt. Sie selbst werde Süderlenau verlassen. Es sei ihr ein Bedürfnis, den Bürgerinnen und Bürgern der Stadt mitzuteilen, dass sie auf ihren privaten Besitz im Ort verzichte. Sie habe ihn an den »Verein zur Abschaffung der Prostitution« übertragen.

»Dieser Verein ist erzreaktionär!«

Noras Stimme gewann an Kraft.

»Sie fordern mehrjährige Gefängnisstrafen sowohl für Prostituierte als auch für deren Kunden. Allerdings kämpfen sie zudem für unbedingte Unterstützung von Frauen in materiellen Notlagen. So fasse man das Übel an der Wurzel, meinen sie.«

Der Raum in Hirn und Herz, in dem ich Britta beherbergte, weitete sich.

»Ich verstehe.« Zum ersten Mal konnte ich Britta spüren, die Frau, die vielleicht meine Schwester war.

»Ich frage mich, ob es meine Schuld ist.« Nora sah mich aus großen Augen an. Ich nahm sie in den Arm. Sie stieß einige Atembrocken aus und lehnte sich an mich.

»Da ist viel für Britta zusammengekommen.« Ich streichelte über ihr Haar. »Zu viel.«

»Vielleicht stirbt sie …«

Nora zitterte. Es war kalt in dieser Nacht und offensichtlich stand sie unter Schock.

»Wir könnten dich ins Krankenhaus bringen«, schlug ich vor. »Oder wir gehen in deine Wohnung, und Amalia und ich kochen dir Tee.«

»Ja.«

Ich rief Patrick an, der eine Arbeitskollegin von Nora informierte. Sie löste uns nach drei Stunden ab.

»Wenn Britta nur überlebt«, flüsterte Nora, als wir uns von ihr verabschiedeten.

Amalia fuhr am nächsten Morgen zurück nach Hause in ihre große Stadt.

Silvia hielt mir in der Schule den *Süderlenauer Boten* entgegen.

»Ich weiß«, sagte ich.

Wir verabredeten uns für ein Treffen gleich nach der Schule in der ATEMPAUSE, um dort alles in Ruhe zu bereden.

Auf dem Weg dorthin rief Margot mich auf meinem Handy an, ein Geschenk von Monika, das ich an Stelle einer Uhr bei mir trug. Ich schreckte zusammen, als es klingelte – keine Ahnung, woher Margot die Nummer hatte, und da sie sofort zu reden begann, kam ich nicht dazu nachzufragen. Margot war entschlossen, Süderlenau nicht zu verlassen, ohne mit mir gesprochen zu haben. Mir machte das Angst. Auf keinen Fall wollte ich mit ihr allein sein.

»Komm in die ATEMPAUSE«, sagte ich. »Silvia wird auch dort sein.«

Silvia, die Einzige, die meine Handynummer kannte, nachdem Monika sie aus ihrem Gedächtnis getilgt hatte. Ich würde Silvia zur Rede stellen, bei passender Gelegenheit.

Silvia und ich löffelten schweigend den Schaum von unserem Milchkaffee. Ich suchte den Unterteller ab.

»Kein Keks heute«, stellte ich fest.

Silvia beobachtete mich.

»Ich habe mit Patrick gesprochen.«

»Oje, wie geht es ihm?«

»Er will es trotzdem versuchen. Gleich Montag geht er zum Amt und fragt nach Fördermöglichkeiten für die Gründung von Kleinunternehmen.«

»Grundeinkommen wäre besser«, nörgelte ich.

Silvia fiel zurück in unser Schweigen. Ich wusste, woran sie dachte.

»Nora sagt, Britta liegt im Koma.«

»Hoffentlich überlebt sie.« Silvias Pupillen waren vor Sorge geweitet, und ihre Augen wirkten fast schwarz.

»Silvia! Du kannst nichts dafür.«

»Nein, und ich habe auch nichts dagegen gekonnt. Vielleicht fängt Gewalt da an, wo man die Mitmenschen nicht mehr sieht. Für mich war Britta immer nur Novacrem.«

»Sie ist es für uns alle gewesen, sogar für sich selbst. Bloß für Wolfgang scheint sie immer Britta gewesen zu sein – ausgerechnet. Ich habe ihn für einen Erbschleicher gehalten, einen Gigolo.«

»Was sagst du zu dieser seltsamen Spendenangelegenheit?«

»Die Übertragung ihres Hauses und des übrigen Besitzes an den ›Verein zur Abschaffung der Prostitution‹?«

Ich suchte nach Formulierungen, mit denen ich meine Gedanken ausstechen könnte.

»Sie war endlich einmal Britta.«

Silvia kniff ein Auge zu, während sie mich ins Visier nahm.

»Wer war sie sonst?«

Ich hob die Augenbrauen und senkte den linken Mundwinkel leicht herab.

»Papas gehorsame Tochter?«

Silvia dachte nach.

»Ja«, murmelte sie schließlich, »das könnte sein.«

»Britta muss einen gewaltigen Hass auf ihren Vater gehabt haben und mehr noch auf Margot, seine Prostituierte. Sicher hätte sie Margot liebend gern ihre Meinung ins Gesicht gespuckt, aber die Angst vor dem alten Sanddorn hat sie davon abgehalten.«

Ich war das alles mit Amalia durchgegangen, nachdem wir erschöpft und aufgewühlt von der Wache bei Nora nach Hause gekommen waren. Britta war in dieser Nacht meine

Schwester geworden. Burkhardt, Britta, Hilmar und ich waren unsichtbar miteinander verbunden und trugen auf je eigene Art an den verworrenen Beziehungen unserer Eltern. Mit der Spende an den »Verein zur Abschaffung der Prostitution« hatte Britta zum ersten Mal Flagge gegen das Verhältnis ihres Vaters gezeigt, doch nach ihrem Plan wäre sie bereits tot gewesen, wenn die Flagge gehisst würde.

Ich fragte mich, wo Margot blieb.

»Sie wird Angst haben – genau wie du.«

Ich schickte eine SMS an die Nummer, von der aus Margot mich angerufen hatte. Keine Reaktion.

»Auf keinen Fall ist sie abgereist«, behauptete Silvia. »Es muss etwas Wichtiges passiert sein.«

Es hatte immer etwas Wichtigeres für Margot gegeben, als in meiner Nähe zu sein. Die Tür, die ich ihr hatte öffnen können, nachdem ich in ihrem Tagebuch gelesen hatte, begann sich zuzuziehen. Mit jeder Minute des Wartens verschmälerte sich der Lichtstreifen, der durch die verbliebene Öffnung fiel. Silvia und ich hatten eben beschlossen aufzubrechen, als sie kam. Der schwere braune Vorhang hinter der Eingangstür wischte an ihrem Ärmel entlang, bevor er hinter ihr zurückfiel. Sie stützte sich auf ihren Spazierstock. Eine müde alte Frau stand dort, wandte sehr langsam den Kopf von links nach rechts und suchte nach mir. Ich stürzte hin und hielt sie an ihrem freien Arm. Sie ließ es geschehen.

»Entschuldigt.«

Wolfgang hatte sie ins Krankenhaus gebeten, weil Margot der letzte Mensch war, mit dem Britta vor ihrem Selbsttötungsversuch gesprochen hatte. Er wollte mit ihr reden, bevor sie aus Süderlenau verschwand und womöglich unauffindbar war.

»Ich konnte nicht ablehnen. Ich bin in der Verantwortung.

Das verstehst du, nicht wahr? In der Aufregung habe ich mein Handy liegenlassen. Und dann habe ich völlig vergessen, dich anzurufen, um dir Bescheid zu geben, dass ich mich verspäte.«

Margot sah mir ins Gesicht: »Ich weiß wohl, dass ich es mir nicht erlauben kann, dich sitzenzulassen. Es war eine Ausnahmesituation.«

Obwohl sie all dies ruhig und sicher aussprach, spürte ich ihren Schmerz und ihre Angst. Sie fürchtet, mich zu verlieren, war ich mir sicher und setzte kraftvoll den Fuß in die Tür.

»Wie geht es Britta?«, fragte Silvia.

»Wahrscheinlich kommt sie durch. Die Herztätigkeit hat sich stabilisiert. Wenn sie bald zu sich kommt, kann sie es schaffen, ohne bleibenden Schaden davonzutragen. Hoffentlich.«

»Ich war überrascht, dass sie dich gestern wieder abgeholt hat.«

So wie Silvia zu mir hinsah, musste meine Eifersucht doch mitgeklungen haben. Ich zuckte das mit den Schultern weg.

»Sie hatte Fragen an mich. Sie wollte wissen, wie das alles war damals. Sie wollte wissen, ob ich jemals daran gedacht habe, wie es ihrer Mutter mit der Situation gegangen ist und ihr selbst. Sie wollte wissen, ob ihr Schwestern seid.«

»Und?«

»Vielleicht.«

Margot ließ die Arme sinken. »Einer von den dreien ist es gewesen. Ich weiß es nicht.«

»Wenn Britta überlebt, wird sie ein Grundeinkommen brauchen, sofern die Vermögensübertragung rechtswirksam ist.«

Für einen Moment wurde Silvia ganz die Alte.

»Katharina«, schnaubte sie, »du glaubst nicht ernsthaft, dass eine Sanddorn keine Reserven hat! Die einzigen, die wirklich angeschmiert sind, sind ihre Arbeiter: Novacrem insolvent und das Grundeinkommen abgelehnt. Aber wen interessiert das schon!«

»Das Grundeinkommen ...« Margot überlegte. »Was mache ich nun mit meinem Geld?«

Mir fiel Kathrin ein.

»Eine Stiftung für alleinerziehende Mütter!«

Margots runzliges Gesicht leuchtete auf.

»Ja«, sagte sie.

Der Zug fuhr ein.

»Ich bringe dich zum Bahnsteig! Deine Koffer?«

Der Taxifahrer würde sie bringen.

»Dass du noch immer mit dem Zug fährst.«

»Du weißt doch, Katharina. Der Zug in Süderlenau ist unsere Verbindung zur Welt – zur Landeshauptstadt und von da weiter nach Hamburg, nach München, nach Köln und nach Berlin. Nach Süderlenau werde ich mit dem Zug kommen, so lange ich sitzen kann. Katharina, wenn du möchtest, zahle ich dir ein Stipendium für deine Kompositionsarbeit.«

Ich schüttelte den Kopf. »Ich bin zu alt, um auf Mutters Tasche zu liegen, Margot.«

»Mutters Tasche!«

Da fiel es mir ein: »Sollte ich mit meiner Freundin ein Kind bekommen, Margot, wärst du dann da als seine Oma?«

Glockengeläut. Es war das erste Mal, dass ich sie lachen hörte.

»Es würde mich glücklich machen.«

Dann gab es auf einmal viele Fragen.

»Ich habe doch eine Tante ...«

Der Zugführer trat aus dem Triebwagen.

»Frau Krause«, rief er, »wir möchten fahren!«

»Darf ich dich umarmen?«, fragte sie.

Mein Körper versteifte sich.

»Zu spät«, stellte sie fest.

»Ich will nicht, dass du traurig bist«, presste ich hervor.

Sie stand still und ging in sich hinein, bis in die Abgründe, in denen ihre Gefühle lagerten.

»Es stimmt, ich bin traurig. Ich bin tieftraurig. Trotzdem: Ich habe das immer gewollt, mein Kind, dass du glücklich werden kannst – ohne mich.«

Sie winkte mir, drehte sich um und ging geraden Rückens zum Zug. Meinen Arm brauchte sie nicht mehr.

Mir rannten die Tränen aus den Augen, ihr hinterher.

Der Zug startete mit leisem *Ssss,* jaulte einmal klagend auf, gewann an Geschwindigkeit, säuselte routiniert und entfernte sich. Ich stand noch am Bahnhof und blickte ihm hinterher, als er längst nicht mehr zu sehen war.

Die Idee zu dem Toilettenpapier für den Schutz der Regenwälder (S. 167) stammt in Wirklichkeit nicht von Werbefachmann Patrick aus Süderlenau, sondern ist 2009 von der Klasse 11 des Gymnasiums Julianum in Sickte für einen Plakatwettbewerb der gemeinnützigen Stiftung OroVerde entwickelt worden. Die Stiftung, die sich für den Schutz der tropischen Wälder einsetzt, hat diesen Entwurf prämiert und veröffentlicht. Näheres unter www.oroverde.de.

Das Original der Fabrikszene, die im Roman erzählt wird (S. 122 ff.), findet sich in Astrid Wenkes Erzählband Kein Krieg in Deutschland – Kurze Geschichten von Bundesrepublikanern, *der 2012 im Memoiren-Verlag erschienen ist.*

Wenke, Astrid: *Eine Milliarde für Süderlenau / Roman*
ISBN 978-3-930041-89-3

Satz und Gestaltung: Grafikbüro Schadenberg, Berlin
Umschlagfoto: © Plainpicture/Lubitz + Dorner
Druck: CPI – Clausen & Bosse, Leck

Liebe und Intrigen in der Mailänder Lesbenszene ...

Chiara, eine junge Mailänder Lesbe, schlägt sich mit zahlreichen Jobs und noch mehr Affären durchs Leben. Eines Abends kommt in der Bar die Idee auf, einen Film über ihr turbulentes Liebesleben zu drehen. Das Projekt gewinnt trotz vieler Hindernisse Gestalt, der erste Drehtag steht an. Doch die Hauptdarstellerin erscheint nicht am Set. Ist sie einem Verbrechen zum Opfer gefallen? Die ermittelnde Kommissarin Alessandra Pastore will sich als Chiaras neueste Geliebte in die Lesbenszene einschleusen lassen. Chiara ist skeptisch, doch sehr bald schon findet sie nicht nur an dem Plan Gefallen ...

Turbulent, spannend, romantisch, witzig – eine atmosphärisch dichte Schilderung der Mailänder Lesbenszene, die an L-WORD erinnert.

Sarah Sajetti | **Chiara, Simona und die anderen**
256 Seiten, Broschur | ISBN 978-3-930041-87-9

www.krugschadenberg.de

Raus aus Gummadingen!

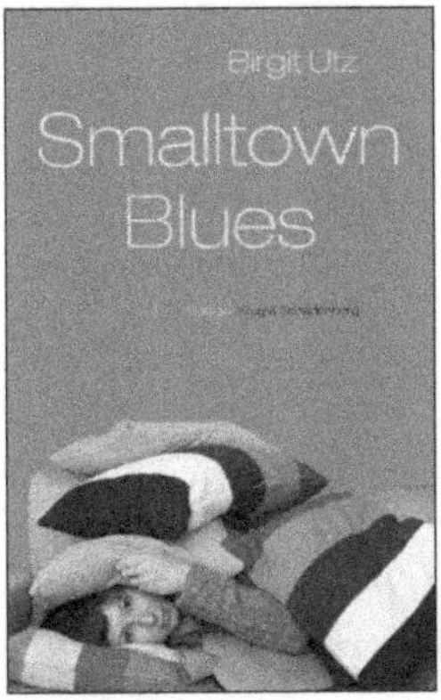

Gummadingen, Ende der achtziger Jahre. Vera fällt aus allen Wolken, als ihr Mann sie verlässt. Sie muss sich neu orientieren. Ihre beiden Töchter ebenso. Während Bettina sich ihrer Friseurlehre widmet und den Mann fürs Leben sucht, zieht Melanie sich völlig zurück. Ihre Freundinnen haben nur noch Jungs im Kopf. Melanie hingegen gefällt die Tochter von Bettinas Chef, die aussieht wie Annie Lennox. Dass sie verliebt ist, begreift Melanie erst gar nicht. Doch dann wird ihr klar, dass sie raus muss aus Gummadingen …

»… nachts um ein Uhr mit einem dicken Freudenschrei ausgelesen.« *Nadine Oppenheimer*, www.pride1.de

Birgit Utz | **Smalltown Blues**
272 Seiten, Broschur | ISBN 978-3-930041-86-2

www.krugschadenberg.de